コトニスム・ノベルシカ

小説柿ノ木寮

今野 博信

一声社

まえがき

柿ノ木寮は古都の東、太古からの原始林に接するように建つ男子学生寮である。木造二階建ての二棟は北寮と南寮と呼ばれ、四人定員の居室が並び、道を挟んだ向こう側には食堂浴室と娯楽室を備えた別棟が建っていた。総定員は百名弱であったが、寮生数はたいていい三分の二程度の六十名ぐらいだった。

この寮が位置している場所というのが、山々をまるごと神域とする大きな神社の敷地に接していて、吾輩ら鹿にとっての生活場所の一部と言えた。そうなると、鹿と人の間にいさかいごとが起こるのは必然でもあった。古来、吾輩ら鹿は神の使いとして人々から特別の扱いを受けて来たものだが、ここの寮生達はそれをわきまえもせず神をも畏れぬ野蛮さを見せることがあった。そんな鹿と人間のあれこれを、先代の語る鹿であるオウワンは、『コトニスム・カタルシカ』（２０１８年一声社刊）の中に披露している。

その例に倣《なら》って二代目の吾輩も、柿ノ木寮にまつわるあれこれを述べたいと思う。それも出来るだけ時代を前後に飛び越えたり、他の鹿づてに聞いたりして集めた話を小説として述べようと思う。つまり、コトニスム・ノベルシカとして語りを受け継ぐつもりだ。

先代は大柄な体付きと鷹揚《おうよう》な性格から、王の字を二つ重ねてオウワンと呼ばれる伝説の鹿だった。その流儀によるなら、小柄で瑣事《さじ》に囚《とら》われがちな吾輩は、ショウシャオとでも呼ばれそうだ。しかし自分としては、二代目の二の字を二度読みしたニーアルが良さそうに思う。いずれにしろ、鹿に名前を付けてみようなどと考えるのは、柿ノ木寮の住人ぐらいであろう。

オウワンが語った寮生の蛮勇さについて、「昔を語るだけの懐古趣味」と評する感想をいくつか聞いた。そのとおりでもあるし、それだけでもないと思っている。というのも、今こそ論じられるべき話題について、オウワンは取り上げていたからだ。寮生の中でも時に生きづらそうにしていた何人かを、オウワンは気にしていた。今なら発達障害という枠組みに入れられそうな寮生達のことだ。

一つのことをやり始めると、他に大事なことがあっても全て後回しにしてしまうような、周りが見えなくなってしまう一途な寮生が居た。ある決まった状況になると、考えるより先に体が動いてしまって、後になってからさんざん悔やむタイプも居た。普段は弁舌爽やかで話題も豊富、人付き合いも楽しげにこなすのに、文字を書くとなると全くの自信喪失に陥る留年常連組も居た。漢字の手書きを苦手とする人は多そうだが、その寮生はワープロなどを使っても書くことに難渋していた。

こうした人々を気遣っていたオウワンは、当人達が努力するだけでなく、いつも周りの寮生達が何気なく手助けする姿に目を向けていた。というのも、この生きづらさを生じさせるものが、当人を取り囲む集団の示す無関心や無思慮である、ということをオウワンが見抜いていたからだ。柿ノ木寮では、無関心よりも過剰過ぎるかもしれないお節介が渦巻いていた。それは面倒な展開を招きかねない危うさもあったが、寮生の仲間意識が期せずして誰かの発達障害っぽさを、日常風景に溶け込ませていく様子を、オウワンから引き継いだこのニーアルが今から述べていこうと思う。

まえがき

目次

第一話

部屋替えデジャブ

毎年4月の終わりから5月にかけての時期に柿ノ木寮では寮役員を選挙する。これは前期の改選と呼ばれていて、後期の改選は10月にある。寮長とも呼ばれる運営委員長は、これまでの例では3回生が立候補することが多く、その他の運営委員には4回生も2回生も立候補していた。まれに後期の改選で1回生が会計役員に選ばれることもあった。これは将来の寮長コースだと噂されることにもなるのだが、その人選は人物像によるというよりも、「寮が好きなのか・いつでも寮に居座って居る雰囲気があるか」で決められているようだった。要するに、授業にあまり出席してないか、あるいは代返などの要領がよいってことらしい。

この改選に合わせて寮内で一斉に部屋替えが行われる。年に2回の大移動である。1回生から3回生までは籤《くじ》引きで部屋と2〜3名の同室者が決められ、役員は役員部屋が予め決まっていた。しかし、4回生以上だけは自分達で部屋と相方を選べることになっていた。これは純然たる差別そのものである。どうして上級生にだけそんな勝手が許されるのか、と不満に思う下級生が居ないわけではない。だが、このしきたりが改められそうな気配は無い。その理由の一つは、下級生もいずれは自分が上級生になることを知っているからだろう。また、籤引きで決まる部屋割りといってもそれほど我慢を強いるものでもなく、偶然の出会いが交友の幅を広げてくれる例が、多くあるからだろう。そして、このしきたりが維持される最大の理由はたぶん、そういう先輩らの住まう部屋が、じつに個性的で遊びに行くとおもしろいからではないだろうか。

吾輩ら鹿は、寮の電話室ぐらいならともかく、気安く個室まで入り込むことはしない。だから詳しく見たわけでは無い。でも、窓から覗《のぞ》き見したり、寮生同士の話を聞いたりしていると、妙ちきりんな部屋に住まう長老寮生の生態が伝わってくる。動物学者は、吾輩ら鹿を観察するよりも、柿ノ木寮の長老部屋をフィールドワークの対象にすべきなのでは、と思っている。

細面で長身の黒部先輩は、物腰も柔らかで大声を出しているところを誰も見たことが無かった。その長老部屋の相方は、丸っこい体付きで愛嬌いっぱいの木之元先輩だったのだが、この二人、じつに好対照な個性を発揮して、毎日がコントの連続のようであった。黒部先輩と言えば、一人静かに物思いに耽《ふけ》るタイプだったのに、木之元先輩は部屋に人を呼び込んでは、議論し合い酒宴を張ることも多かった。こうした対極に位置しそうな二人が同室で居られることは、柿ノ木寮の七不思議の一つに数え上げられるほどでもあったのだ。

黒部先輩には伝説となる逸話があって、新しく入寮した時からこれまでの部屋替えで、いつでも完璧に以前と同じ部屋の配置を再現していたと言う。10回ほどの部屋替えを体験していたはずなのに、毎回寸分違わない配置を繰り返していたのだ。二人部屋と三人部屋の違いで、確かに空間の使い方に物理的な制限が加えられた時もあった。しかし、そんなことはものともせずに、黒部先輩は同じ見え方になる空間を創り上げていたのである。

本棚の中身は入れ替えがあったりしたが、統一したカバーを使うので、見え方に変化は感じられなかった。部屋の左右のどちらに自分の机を置くかは、その時の同室者と相談して決めるのだが、黒部先輩は毎回左側を要求した。それが認められずに右側になった時には、鏡像のような正反対の配置が出現したこともあった。だから部屋への訪問者は、毎回、時間感覚を失ってしまうのだ。

対する木之元先輩は、使い終わった歯ブラシを元のカップに戻すことすら覚束《おぼつか》なかった。彼の歯ブラシは、寮内各所で発見されていた。なぜ彼の物と分かるのか。全てに名前を書き入れているからである。以前、自分で使う爪楊枝一本一本に名前を書こうとしていて、周りに呆れられていた。そんな二人が同室であることは、吾輩ら鹿にも興味深い出来事なのである。

相部屋になっていることに、柿ノ木寮の持つ特性の一つがあるのだろう。抽選で決められたにしろ、長老部屋をあてがわれて相方を選ぶにしろ、最初は大いに緊張するものだ。そのことは、吾輩ら鹿にもよく分かる。鹿は皆同じ顔付きに見えているかも知れないが、吾輩らも同じ群れの顔見知りと、そうでない見知らぬ顔とでは近くに居合わせた時の緊張感は大いに違っているのである。柿ノ木寮の部屋替えのたびに、ある程度の期間、寮内が妙に静まってしまうというのも、そうした緊張の表れなのだ、とじつは鹿同士で囁《ささや》き合っているのである。

ある寮生は、とてもカップ麺が好きで、新製品が出るとすぐに買い求め、その味を試したがる。しかし、同室の寮生はお湯で溶け出す油の匂いが苦手で、部屋に充満するその臭気を何とかしてほしいと思っている。似たような話はどこにでもあった。子犬好きの須川先輩のような例もあれば、生き物嫌いの寮生も居て、そういう性向を持った二人なり三人が同室になる場合もあった。そんな時にはどうするか。じつは万能の解決策など無いのである。

カップ麺の匂いぐらいなら、別の部屋で食べるとか、相方の分も買って来て一緒に食べるとか（たいていは、匂いが苦手でも食べる分には問題なかったりする。つまり、他人が食べて自分は匂いだけを嗅ぐ時に、耐えられない感情が吹き荒れる例が多いのだ）などの回避方法を採ることが出来た。完璧な部屋再現スタイルを好む黒部先輩と、どこでも何でも置き忘れスタイルの木之元先輩の二人は、どうやって同室の生活を展開させていたか。それには解決策とは言えないのだが、ある工夫が凝らされていた。確かにそれは、春日山原始林を根城とする吾輩ら鹿にとっても、じつに含蓄に富む工夫だと思える。

全く正反対に見える性格の二人が、どうして同じ部屋に暮らし続けられるのか。その極意は、そこを自分の部屋だと思わないことにあるようだ。いささか逆説めくが、あれだけ寸分違わずに以前の配置を整然と再現する黒部先輩が、じつはそこを自分のための空間だと思っていないというのは謎めく話だ。例えば部屋に来た来訪者が、書棚の本を手に取り何気なく元と違った場所に入れようとする。すると黒部先輩はすぐさまそれを元の場所に戻してしまう。それは、そうすることで彼が落ち着くからなのだが、じつは彼自身は好んでしているわけでは無いのだ。本当は彼自身も自分の行動を煩《わずら》わしいと感じているようなのだ。

ではどうして、そんな面倒なことをやり続けてしまうのか。いささか呪術めいて聞こえるかもしれないが、彼にとってその空間は、そこにある物達のものだと受け止めているからなのだ。自分の居たい場所に戻ろうとする本が、黒部先輩に自分を動かすことを要求する。心優しい彼はそれに応えて戻してあげるというのだ。本達はたくさんのことを、語りかけて来る、と黒部先輩は言うのだが、その意味を正しく理解出来る人はそう多くない。他の人間には話しても無駄と悟りきった本達は、唯一語りかけられる相手として黒部先輩に頼るということらしい。それが結果として、いつでも変わらぬ景色となって出現しているわけだ。

それじゃ、相方の木之元先輩は自分の部屋だと思っているのかと言えば、じつはそうでも無い。彼にとっては、柿ノ木寮全体が自分の部屋であるので、その部屋が特に自分のための空間だとは思っていないのだ。それで結局二人とも、その部屋を自分の部屋だと思わずに、少し控え目に、しばらくここに居りますがよろしいでしょうか、ってな具合につくねんとしているのである。吾輩ら鹿達が、春日山原始林の中にあって、いささか申し訳なさそうに脱糞するのにも似て、両先輩らのその奥ゆかしさは人間にしては珍しいほどの洗練された繊細さに思える。人間の中にも、探せば話せる相手は居るものであることよ。

同室者がそれぞれの理由で自分の部屋を自分のための空間と思わずにいるという。そのことが、二人の共同生活をそこはかとなく成り立たせているようだ。これはなかなか教訓的なことに思える。しかし、このことは逆に一切の関心を持たずに、自分達の部屋を汚れ放題のゴミ屋敷にしてしまう可能性とも背中合わせのはずだ。自分のための空間でないと見なした上に、さらに何かもう一つ必要なものがありそうに思える。

つらつらおもんみるに、吾輩ら鹿にしてみれば、自分のための空間などという想念には端《はな》から縁が無い。この世に生まれ出てからというもの、何かを所有したことも無ければ、どこかの場所を独り占めしたということも無い(まぁ発情期にはそれなりに排他的になることはあるが、それでも場所ではなく自分と雌の距離の話で、特定の場所との関係では無い)。それで何の不足も不満も感じずにやってきている。縄張りだ・プライベートだ、などと四方八方に囲いをしたがる人間の姿を見ると、ため息が漏れてしまう。

この世の命の総量から考えてみると、ある空間を自分のためだけに独り占めしたがるタイプよりは、その場を当座に与えられた借り物としているタイプの方が多いはずだ。たぶん人間の中でも、似たような比率で占有タイプと借用タイプは混在するだろう。占有タイプにすれば、他者はそのまま敵になるので排除や破壊の標的とするしかない。これだと柿ノ木寮でも、騒乱の連続となる。時にはそういう時期もあるだろう。しかし、そうでない仮初《かりそ》めの生を自覚的に生きる一群では、そこを常に誰かと共にある場所だと見なしている。なので、その空間を大事に後世に引き継ごうとする。一方で好き放題に場を荒らす群れもある。時間感覚に分かれ目があるようなのだ。

他の生き物から人間は、独り占めする生き物だと見なされているはずだ。何故なら、あれだけ放射能だらけにしておいても恥じないのは、地球を丸ごと所有していると思っているからなのだろうと。

第二話　せんたく好き

柿ノ木寮の平面図で言えば、1階部分の東端に洗面所と便所がある。これは北寮も南寮も同じ配置になっている。その洗面所には、Lの字形に流し台が配されて十数個の蛇口が並んでいる。朝な夕なに歯磨きに来る寮生同士が顔を合わせ、挨拶を交わすのは昔から変わらない光景である。それら2カ所の洗面所に洗濯機が2台ずつ置かれている。もちろん洗濯に使うためなのだが、そうじゃない目的でも使われることがあるのが、ここ柿ノ木寮の不思議さだ。

そもそも柿ノ木寮の生活で洗濯の重要度はそれほど高くない。寮では全く洗濯せずに汚れた衣服を溜め込んでおき、月ごとの帰省の際にまとめて持ち帰り家で洗ってもらう、などという単身赴任中のサラリーマンのような者も居ないでは無い。夏場など、じっとして居ても衣服は汗で汚れてしまう。だとするなら、最初から衣服を着ないでおこう、などと始終丸裸生活を実行し、あまつさえそれを周囲にも勧めたりする須川先輩のような人も居た。もちろんこまめに洗濯をする寮生も居るのだが、最も多いのは、洗濯の代わりに選択をし、進退窮まって観念したら洗濯をするタイプであった。

こうした横着そのもののような行動にも、彼ら寮生は小難しい理由を付けたがった。どう考えても、一度着た服の中からまた着られそうな程度の服を選び出そうとする行動は、洗濯するのが面倒だという理由に思える。ところが、それを素直に認めようとしない幾人かは、独自の理論を構築しようとするのだ。この過程は、屁理屈の生成であり、言い訳の捻《ひね》くり出しであり、自己弁護による強訴《ごうそ》である。吾輩ら鹿の中にも、こうした手合いが居ないわけでは無い。厚顔な主張を繰り返す自己弁護鹿は、糞たれ放題を見咎められると、それは肥料の広域散布である、などと広言して憚《はばか》らない。

洗濯をしないで選択だけを繰り返す寮生達は、どんな屁理屈をこねるのか。ちょっと匂《にお》って来そうな話題で恐縮なのである。

自明のことであるが、洗濯とは未来予測が前提とされている。現在の面倒臭さを、未来に招来される快適さの予感が乗り越える必要がある。つまり、一連の作業が完了した状態（つまり干した後）の衣服を着用した際の、「あぁ気持ちがいいなぁ」の感慨を予感出来るかどうかにかかっている。であるからして、子どもなどは洗濯にあまり関心を示さない。子どもとは、そもそも存在自体が未来的なので、おおかた現在の苦労を実感しないし、端《はな》から未来の快適さを当然視してそれを疑うことも無い。

柿ノ木寮生は、こうした未来を予測する力が乏しい、などと言いたいわけでは無い。社会一般に存在するのと同程度の比率で、寮生にも先を読むことを苦手とする者が居た。しかしだからといって、「後はどうとでもなれ」などと捨て鉢な理由で洗濯をしないわけでは無さそうだ。じつは洗濯には未来予測と対《つい》を為《な》す視点からの、「過去の清算」という意味合いもあることに、そういった寮生達は拘ってしまうのである。

衣服の汚れとは、これ即ち、現在までの生存を示す証《あかし》である。一定量の汗臭さは、その分だけその着用者が生きて活動していたことの匂いによるアピールである。暑い中でも頑張った人の服からは、頑張った分の匂いが立ち上り、頑張っただけの汗染みが残る。そのようにして過去が刻印されている衣服だというのに、一顧だにされることなくそれらの過去は無頓着に洗濯槽へ放り込まれていく。そんなに軽々しく過去を無きものにしてよいのであろうか、と幾人かの寮生は胸を波立たせるのである。

吾輩ら鹿の中にも幾つかのタイプがあって、特別に匂いに敏感な一群は確かに存在する。その彼らは、一度自分が通った道は決して忘れない。そして、その馴染みになった道を、ことさら歩き続けようとする。そのせいで、新設の自動車道を危険を顧みずに何度も横断しようとする。それは匂いへの執着なのだろうか。で話は吾輩ら鹿にとっての匂いへの執着だったっけ？

話を柿ノ木寮生に戻さなければ。吾輩ら鹿の中に、どれだけ匂いに敏感なものが居るか、などといった話に興味を持つ人間は居ないだろう。まぁ逆に匂いに拘る人間が居たところで、その人間に特別な関心を寄せる鹿もそう居るものでは無いが。ともあれ、自分の来し方を自分で脱ぎ捨てた衣服に感じ取る寮生は、簡単に洗濯してしまうことをためらってしまうらしい。そのことを、「単なる面倒臭さによる先延ばしでは無いのか」と問う者があれば、彼らは日本人の新しい物好きの軽薄を憂い、反省する視点の弱さなどを取り上げて、日本人堕落論を展開したがる。

そうしてぐずぐずとしている一群の寮生とは別に、新しい「せんたく好き」な一群が、出現した。事態一変、彼らは洗濯でも選択でも無い洗濯機の使い方をした。洗濯槽に汚れた服を入れるまでは同じ行動なのだが、そこから先の手順で大きく異なる行動を取るのだった。何と彼らの手順では、詰め込んだ衣服の中に投じられるのは水でも洗剤でも無く、たった数滴の香水の雫《しずく》であった。

汚れを水で洗い流すのが洗濯だったし、汚れが語る哀惜の情から選び出すのが選択だった。しかし、新たな一派は、清潔な未来にも濃厚な過去にも関心を示すこと無く、新たに標準化された香りを衣服に染み込ませる行動を取ったのである。洗濯物は水に浸かることも無く、思い入れのせいで選び出しに迷いが生じることも無い。香水を垂らした後に脱水の回転をさせ、匂いを繊維に染み込ませる。取り出した時には、匂いだけの爽やかさが漂ってくるのだ。

このことが意味することは大きい。実態としてはなんら清潔なところが無いのだが、それでも匂いで周りは清純さを感じてしまう。つまり見てくれだけじゃないのか、と言われそうな行動なのである。こんな上っ面だけ整えたところで、問題は解決出来ないではないか、と周りを見ると、吾輩ら鹿の中にも同じ様な手合いは居るのである。しかも結構大きな顔をして。

采女《うねめ》が飛び込んで入水自殺をしたという池があるが、その辺りを縄張りにしている鹿で、やたらにお辞儀をしまくる奴が居る。こいつの熱心なお辞儀は、観光客の目を引くらしく奴の前に差し出される鹿煎餅の量は他を圧倒している。しかし、奴には観光客に敬意を表するとか、歓迎の意を込めている気配は無い。見てくれの愛想お辞儀でしかない。観光地の鹿なんて所詮《しょせん》そんなものだろう、と高をくくる人は多いだろうが、吾輩ら鹿にもプライドはあるものだし、柿ノ木寮生との確執には代々の蓄積があるものなのである。

鹿にとっても、見てくれだけ整える軽薄さには抵抗感がある。「そんなことでいいのか」という思いを周囲が抱くのだが、新しい「せんたく好き」な寮生達の行動は、手軽さ故にであろうか、次第に広まっていく気配を見せた。洗濯に費やされる時間や手間に比べれば、匂いの雫《しずく》を数滴垂らして脱水をセットするだけの手軽さは、たいそう魅力的なのだ。しかし、問題が無いわけでは無かった。

汗だけで汚れた衣服の匂い消しには有効であったが、垢《あか》がこびり付いて襟周りが黒ずんだシャツや、転んで膝の部分に土が張り付いたようなズボンでは、そうした汚れを取り去ることは出来ずに、単に清涼な匂いだけが漂うミスマッチな感覚を引き起こしていたからだ。てらてら黒光りする襟《えり》から立ち上る香しさは、周囲の人々を不安な精神状態に陥れた。清涼な汚辱とでも言うべき形容矛盾にさらされることで、落ち着けない気分になった。はたして、この香りを信じてこの人を清潔な人と思っていいのか、それとも目に見える汚れを信じて清潔感の無い人と思うべきなのか、と迷い続けることになるからであった。

さらに別な問題もあった。そちらの方がより一層の大打撃を、柿ノ木寮全体に与えることになったのである。

汗臭さを誤魔化すためであっても、その新しい「せんたく好き」達は自分好みの匂いを洗濯機に垂らした。問題はその後のことだ。せんたく物（決して洗濯物ではない）を取り出した後にもその匂いが洗濯槽に残ってしまうことにあった。異常なほど匂いに執着する彼らの間で、その匂いは安っぽいだとか、匂いが混じって変になるだとか、の言い争いが起こるようになった。そんな身内同士の言い争いの埒外で、他の柿ノ木寮生達も困り果てていた。それは過剰な清潔感の強制であった。

香水を垂らされた後に通常の洗濯をする寮生が、自分の衣服に意図しない香りを染み込まされることになったからだ。この苦情に対して新しい「せんたく好き」達は、これは高級な香水なんだ、それをタダで身にまとえるとは喜ぶべきことじゃないか、匂い代を払えとは言わないから文句も言うな、と強弁した。ううむ、この清潔感の強制は、まるであのさわやか地獄(『コトニスム・カタルシカ』参照)と通じるのではないか、と昔を知る吾輩ら鹿は思い返したものだ。

その物自体が持つプラスの性質も、それが強制によって押し付けられるなら、その受け手にとってはマイナスの意味にしかならない、という世の真実。吾輩らにとっても身につまされる話だ。鹿煎餅は確かに鹿全員にとってのご馳走ではある。しかし、その価値が固定的でいつでも有り難がるべき食べ物、というわけでも無いのである。なぜか。これをやるから有り難がれ、と人間から押し付けられてはかなわない。特定の感情喚起を他者に強制するのは暴力そのものなのである。

結局この問題も寮生会議に付された。たどり着いた結論は、洗濯機に投入可能な物一覧表に示された。洗濯する衣類、洗剤、水またお湯、以上。ただし、衣類には下洗いしたズック靴も含まれる、とあった。さすが柿ノ木寮生の蛮勇躍如である。

第三話　とこしえの年越し

遠方の地から集まった者達が多い柿ノ木寮では、大学の授業が休みになる時期に帰省する寮生が多くなる。このことは何も珍しいことではないが、逆に一向に家に帰らない寮生も少なからず居て、そのことは珍しい。どちらかと言うと上回生に居残り組が多く、新入生達は年末が近づく頃になると、そそくさと帰省の算段に取り掛かるのが常であった。4月に入寮して12月にもなれば、柿ノ木寮色にすっかり染まった感じの新入生も居たりする。そういう奴は、1回生にして居残り組に混じっていたりするのだ。

休みの時期には寮食堂の食事が出ない。風呂だって休みになる。そうした日常生活の不便さがあっても柿ノ木寮に居残るのには、それぞれ個別の理由があるだろう。例えば宿直アルバイトの割り当てで、ちょうど年末年始の番になった者も居た。割り増しのバイト代を目当てにわざわざこの時期のバイトをねらっている者も居た。混雑する交通機関に辟易《へきえき》して、時期をずらしての帰省を計画している者も居るし、寮役員としての仕事がらみで居残る責任感の発露もあった。そんな中で、寮の近所にある神社やお寺に初詣することを目的にして居残る者はさすがに珍しかった。

吾輩ら鹿にしてみれば、季節に合わせた暮らしをしているが、特に暦を気にした生活では無い。この日からは昨日と違う日、などとことさら強調する人間の暮らしぶりを奇異に感じている。だから、一年中をなんの変化も見せずに過ごすような十年一日の寮生が居ると、妙に親しみを感じたりするのだ。その逆の、ここぞとばかりに特別な日のけじめをつけたがる寮生の存在は、非常に興味深い観察対象になるのである。

年越しツアーと称して、柿ノ木寮近在の神社仏閣を巡る一団が形成される。年によって大人数になることもあるが、たいていは数名といったところ。まぁ寮生全員の一割程度ってところだ。上回生が無理矢理新入り寮生を引き連れることもある。でも、そうやって参加させられたツアー参加者は、翌年には来ないことが多い。中には率先して毎年の参加を繰り返して、今度は自分が後輩を引き込む側になったりする。そんなことがあるので、このお参りはしごツアーは連綿と柿ノ木寮に引き継がれているのだ。

寮歌の巻頭言にもあるように、柿ノ木寮は春日山原始林が極まる位置に建つ。その原始林に通じる小径《こみち》に足を踏み入れることからツアーは始まる。大きなお社の神域にはあまたの末社が鎮座する。その端から順にツアーは巡って行く。林業の神様とか水運の神様とか、ピンポイントで役割分担するお社があり、それらに順に挨拶して行くのである。若宮さんは少し造りが凝っていて、年末に執り行われる大きなお祭りが有名なお宮だ。そこには寮生のツアー以外にもお参りの人達が居るものだ。本殿は年明け前から初詣の参拝者が列をなしている。初詣を特に目指さない寮生ツアーは、居並ぶ善男善女の鼻先をかすめて、隣接の大寺へ歩み入る。この境内にもじつはお宮さんがある。神仏習合の名残であり、明治期に神仏分離されて境内に飛び地の神域を確保している格好だ。

吾輩ら鹿にしてみれば、こうした人間の線引き好きはどうも理解出来ない。まぁ理解してほしいと人間の側が思っていないだろうから実際には何の問題にもなっていないのだが。この世の多くは、どっちつかずで形作られていると鹿なりに得心《とくしん》しているが、人間は土地にも時間にも仕切りをしたがるもののようだ。

この大寺の本殿内は普段なら有料で拝観するのだが、年越しの時にはご本尊のお顔の部分の小窓が開けられ、外から拝観出来るようになる。お顔は間近に見られるし、いつもは閉ざされている中門も開けられていたりするので、やはり特別な日なのだと思わせられる。列を作って並んでいる人々を横目に、柿ノ木寮のお参りツアーはここでも違った動きを見せる。なんとなれば、まだお参りし続ける先があるからである。ことほどさように信心とは別な動機によって突き動かされているような寮生達なのであった。

千数百年をさかのぼれば、この地は日本の首都であったわけで、そこには多くの寺社が配されていた。その場所ごとに、地を鎮め、時を収めるための布置《ふち》だったのだ。その一つの大社で、吾輩ら鹿は神にお供する神獣としての地位を与えられた。それは、庶民が手荒に吾輩らを扱うようなことがあれば、罰せられるということを意味していた。だから、今でも鹿は街中でも我が物顔で歩いている。なにせ、ちょっと歩けば、手頃な緑を伴う境内がいくつもあるので、吾輩らにしても安心出来る地なのは確かである。

寮生達のお参りツアーも、だから、ちょっと足を伸ばしさらに伸ばししているうちにいくつもの境内を通り過ぎて行くことになる。昔は放生池《ほうじょう》だった池を五重塔の足元に従える大寺へも、歩いて十数分程度で着ける。途中には、全国のお菓子業者が崇める神社があったりする。ツアーは、一つ一つをていねいに巡って行くが、かといって決して参拝者の列に並ぶわけでは無い。それでは、何を目指してのことなのだろうか。彼らは、じつはそれぞれの地でお神籤《みくじ》を集めているのである。なんのためか。最強の神の声を聞きたいからなのである。

お御籤の強い弱いというのは、どういうことか。そもそも、神の託宣に優劣を付けるなどという発想自体が罰当たりなのではないか。考え込んでしまうと出口が見付かりそうも無くなる大問題なのだが、そこは柿ノ木寮生のこと、あっさりと罰当たりを受け流してしまう。お参りツアーで各社殿のお神籤《みくじ》が集まると、その中で最も厳しい内容に注目するのである。大吉より中吉に注目し、中吉よりも小吉を珍重する、詰まるところ凶や大凶を引き当てた際には快哉《かいさい》を叫ぶような心持ちになっているのである。

これはどんな心根によるランク付けなのであろうか。数学専攻の寮生が言うには、お神籤の中の凶の比率は元々低く抑えられているはずだが、特におめでたい初詣に際しては極端に低くなっているはずだ。それなのに、その凶や大凶を引き当てたというのは、極めて異例なこととなる。ここで我々寮生が凶を引き受けたことで、他の多くの人々は一挙に凶を引き当てる可能性を減らすことになる。世の善男善女に代わって禍々《まがまが》しさを進んで引き受けようではないか、となるのだそうだ。

吾輩ら鹿の中にも、小枝を口で放り投げてその枝先の向きから、山道で餌の多そうな方角を見定めるという手合いも居る。神鹿である吾輩らが、棒っ切れに頼って神の意志を受け取るっていうのも、なんだか情けない話に思えるのだが、そこに託宣があると信じ込んで、時にはご馳走に出会うこともあるから文句を言うほどでも無いのだろう。柿ノ木寮生が、最大凶のお神籤に偏執《へんしゅう》した行動をベースにして、古都の年越しツアーを敢行《かんこう》するに当たって、世のため人のためを標榜《ひょうぼう》しているのにも、まぁ文句を言うべき筋合いでは無いのだろう。

運良く（と言っていいのかどうか）、凶を引き当てることが出来れば賑々《にぎにぎ》しく、そうでなく在り来たりに吉を引き当てたなら粛々《しゅくしゅく》と、柿ノ木寮生のお参りツアーは年越しの喧騒《けんそう》をくぐり抜けて行く。世の中に背を向けて捻《ひね》くれようとしているわけでは無い。世の中には素直に新年を言祝《ことほ》げない人々も居るだろう、その人達の重たげな気分を、少しでも自分達が肩代わりしてあげようじゃないか、などと凶集めに奔走《ほんそう》するのであった。

ツアーの一行は、その年に得られた凶の数を数えつつ帰寮する。そして新年の屠蘇《とそ》だと称して酒盛りを始め出すのである。その酒席が、さっきまでの大晦日年越しコンパのままであっても、新たに杯に酒を注げばそれがお屠蘇になると、誰もが納得していた。新年早々のバイトがあるからと、まだ明けやらぬ寒空に自転車を漕ぎ出す寮生も居た。少しは特別な時間だった寮の年越しを、味わい尽くす時間はそんなに無いのである。何人かがコタツを囲んで杯を傾けるが、それぞれが抱く寂しげな感慨を、あえて一言も口にしない。ただただ、杯の酒と共に飲み下すのみである。

吾輩ら鹿にすれば、年越しだなんだと人の暮らしが特別に騒々しくなると、その対応に振り回されてしまうので大いなる難儀を感じてしまう。ところが、柿ノ木寮だけは、そうした世の中の動きとずれていて、頗《すこぶ》る安心出来るのである。もちろん、寮祭だとかで病的なまでに高揚する時期もあるが、たいていは波長が合う。吾輩ら鹿にも大騒ぎの機会があるので、そこに柿ノ木寮生を招待してみようか、とも思っている。それは、吾輩らの先祖が神を背に乗せ、この地にやって来た起源を祝う日なのだが、寮生は参加してくれるだろうか。

おみくじ
凶

第四話　パンクチャーな孤独

柿ノ木寮の建つ場所から大学までの道のりは、とぼとぼ歩いて10分程度。元気よく走り通せば6分か7分。附属小学校の門までなら5分でたどり着ける猛者も居るだろう。近道だってある。ご近所の家の前を通り抜けることになるがそこを突っ切れば4分も可能だ。高さ2メートルほどのフェンスを乗り越えなければならないのと、ご近所の人に見付かると「あんたら先生になるのに何てことすんの」などと怒鳴られてしまう難点がある。しかし、人目を盗んで敢行する寮生は後を絶たない。ついにはフェンス前に「まむし注意」の看板が立てられてしまった。家の人は、まむしを味方に付けてでも寮生を近付けたく無かったわけだ。

それだけ大学に近接して寮があるというのに、寮生には自転車を持つ者が多く、それがしだいにバイクに置き換わっていった。一つの理由は、家庭教師のアルバイトに出かけるのに遠出をするようになったからだ。旧市街なら自転車で充分だし、近隣の駅そばの塾などにはバスや私鉄で行くことも出来た。しかし、市外の家庭教師だと原付バイクの方がはるかに便利で時間の節約も出来た。そうしてバイクは一挙に増えた。その増殖変化をある寮生は、バイク同士が夜陰に乗じて子作りをしている、と表現していた。彼の頭では、２台のバイクがまぐわう姿が妄想されていたに違いなかった。

吾輩ら鹿にとっては、生まれた時から自分の脚だけが移動の手段だ。この世に生まれ落ちて程なく、吾輩ら鹿は自分の脚で立つことを求められる。自立こそが生存を支える。なまくらな人間はダメだ、などと言いたいのでは無い。寮生の中には、パンクでも何でも自分で直そうとする奴も居るという話なのである。

技術科の課程に属していた長島君は、じつにおっとりした性格で誰からも親しみを持たれていた。入寮の際の新歓コンパでは、彼自身はずうっと同じ場所に座って居たというのに、周りの上回生らが何故か彼を見失ってしまい、新入生が一人行方不明になったと大騒ぎになったことがあった。彼には全く落ち度のない出来事だったというのに、ことほどさように存在感に乏しいと思われがちだった。しかし、じつは軽々に動じることのない大人物の素養があった。

そんな長島君だったが、さすがに自分の乗っていたバイクの突然のパンクには、少しばかり慌てた。そのバイクが人からの借り物だったから、一層大ごとになった。急激な空気の喪失は、釘か何かが刺さった証拠だろう。そのまま乗り続けて穴が広がるのはまずい。寮までの帰り道に自転車屋があった。でも、そこに寄ってパンク修理を頼むことは、止めておこう。彼がそう思ったのは、まず寮に早く戻り、バイクの持ち主にパンクの事実を伝え、その持ち主が別なバイクを借りる算段が出来るようにすべきだ、と考えたからだろう。

しかし、吾輩が推理すると、長島君が自転車屋に寄らなかった一つ目の理由は、パンクの修理代を惜しんだからだろう。問題は二つ目だ。その自転車屋の店主は気難しいじいちゃんだったが、その孫娘の女子高生を意識したからに違いない。何せその子は、柿ノ木寮で噂の美少女だったからだ。長島君は、その自転車屋に寄ったところを、寮生の誰かに見られて後で囃し立てられることを避けようとしたのだろう。吾輩ら鹿にも、何でも先回りの考え方をする手合いは居る。じつを言えば、吾輩もあれこれ先を案じてしまうタイプだと自覚している。

長島君の先回りは、自分が「美少女孫娘に会いたくて自転車屋に寄った」と寮生に思われることがあってはならない、との思考だった。これを逆に考えるなら、もし長島君自身が誰か他の寮生の姿を自転車屋で見た場合に、その寮生は娘に会いたくてそこに行ったに違いない、と噂を立てる側になることと同値なのである。この、噂にされる側か、噂を立てる側か、の違いは紙一重の差だ。彼はそのどちらも避けたくて、危険を招く行動を避けたのだった。

ところで、吾輩ら鹿にも、こうした先回り思考の輩が居ると話したついでに、吾輩自身にもその傾向があるとまで言った。では、それはどんなことを意味しているのだろうか。これを語り出すと、長くなってしまうので、一言だけにしておきたい。吾輩の先回り思考とは、人間の行く末のことである。柿ノ木寮生の生態を見ている限りは、代々の蛮勇ぶりでさほどの心配は無いのだが、広く人間一般を見た時に、彼らの狭量さがどんどん度を越しているように思えて心配が募《つの》る。鹿の側から人間を拒絶することはしないが、人間は狭めていく許容範囲からはみ出した他者を、どんどん排除しているのではなかろうか。例えば、世界からこの古都に集う留学生を見ても、明白な国差別が表れているようだ。アジアの近隣国との良い関係作りに努力してほしいと老鹿心から願っている。

さて、寮に戻った長島君だが、さっそくバイクのタイヤを外してパンク修理を始めた。ゴムのりやゴムパッチは手近で調達出来た。修理達人の寮生が居たので借りたのだ。自分は家でも家族の自転車をいつも直していた、と長島君は自慢を披露してから修理に取りかかった。タイヤ外しに手間取ったものの、彼自身が予想していた以上の早さでパンクの穴は無事に塞《ふさ》がれた。そして、いざ空気を入れようとした時になって、空気入れが無いことに気付いた。

パンク修理には自信があったのに、タイヤに空気を入れる方法を考えていなかったのである。何台かあった空気入れは全て自転車用で、バイクの高い空気圧まで押し込む仕組みでは無かった。ポンプの横に空気室が別に付属しているタイプじゃないと空気を入れられないことに、その時気付いたのだ。そして、そのタイプの空気入れが、例の自転車屋にあったことを長島君は思い出した。

その店は、柿ノ木寮前の長い緩やかな坂を下りた先にあった。だから、その修理を終えたバイクを押して坂を下っていくのは、出来ない相談では無い。とはいえ、ぺしゃんこタイヤのままで、後輪が回ってくれるのか自信は無かった。ここは何とかあの空気室付きの空気入れを借りて来て、この場で空気を入れるしか他に方法が無いだろう。長島君はそこまで考えてから、近くにあった自転車に乗って坂を下って行った。

吾輩ら鹿にすれば、自分の脚しか移動手段が無いので、あれこれ迷うことは無い。脚に故障があれば、それが完治するまで待つしか無い。ところが人間は面倒なことに、いくつか移動手段を持っていることで何を選ぶか迷い、その結果を引き受けなければならない。長島君が、自転車屋に空気入れを借りに行こうとして、その自転車を選んだことは、後に面倒な結果をもたらすことになった。

自転車屋に着いた長島君は、人気の無かった店先から奥に向かって声を張り上げた。奥で声がして出て来たのは、何とあの美少女孫娘だった。彼は急にしどろもどろになり、空気入れを借りたい旨の話をその微笑の少女に伝えた。必ず返しに来る証拠に、これを預けておきますので信用してください、と学生証を渡したのだった。

ポニーテールを揺らした孫娘は、長島君の話と差し出された学生証を手にして、ちょっと困ったような顔付きになった。そして、鈴を転がすような声で、「一応、奥に相談に行くので、待っててもらえますか」、と返した。長島君は緊張しきった声で「はい」とだけ答えたが、それは鉄鍋の底でビー玉が転がる音に聞こえた。

「そんなん信用でけるか。こんなもんで安心でけへんわ。これまでも何回か、貸した空気入れがそのままになったことがあったやろ……」と、紙やすりでまな板をこすったような声が奥から聞こえて来た。「なに、お前が大丈夫やって言うても、そんなん何の助けにもならんわ。それだけ言うんやったら、空気入れと一緒にお前が付いて行って、使い終わったら持って帰って来たらええ」と、その紙やすりの大声で近付いて来た。長島君は予想外の展開に、慌てふためいた。

吾輩ら鹿の日常は、たいていが予想通りの出来事の繰り返しである。朝が来るまでに縄張りを一回りして、特に異常が無ければ、お気に入りの場所に腰を落ち着け昼の時間をうつらうつら過ごす。気が向けば観光客の相手をして時間をつぶすこともある。でも時には、縄張りに侵入して来た若鹿を追い出すために、必死の真剣さで挑みかかったりもするのだ。若鹿の反応によっては、こちらが怪我する可能性だってある。思わぬ展開の仕方に、長島君は事情説明を繰り返したが、それはさらに傷を深くする結果となった。

「なんや、あんた寮生やったんか。空気を入れるのはバイクのタイヤか。なら一層のこと空気入れだけ貸すのは心配や。うちのを付いて行かすけど、ええな?」。長島君は目を白黒させて応諾した。

柿ノ木寮までは、坂道を上って15分ほどだ。長島君は美少女孫娘と肩を並べての道行きとなったことに、頭がすっかり混乱してしまい、何一つ気の利いた話が出来なかった。それに比べて、孫娘の方は屈託のかけらも見せずに話しかけて来て、自分の名を教えたり中島君の専攻や大学の様子を聞いたりして来た。助かった、と長島君は重く大きな緊張感に押しつぶされそうな気分の中で、彼女に救われた思いでいた。15分はあっという間だった。

門を入って左側に自転車置き場、その奥にある四畳半ほどの広場で、バイクは待っていた。さっそく長島君は空気入れとバルブをつなげて準備をした。空気室のおかげで、手押しのポンピングでもタイヤに空気が入っていった。横で見ていた孫娘は、その様子を見ておもしろいと大声で笑い声を上げた。普段聞き付けない軽やかで華やいだ声に、寮に居た寮生達が一斉に窓から顔を出した。視線の先の中島君は、すっかり注目の的となって、無言のまま必要以上のポンピングに脇目もふらなかった。

吾輩ら鹿の中にも、衆目を集めることに長《た》けた輩は居る。ことさら大げさなジャンプで、木の上の方の葉っぱをかじり取ったりするような奴のことだ。観光客の多い場所で、大きな音を立ててそんなジャンプをしたがる。後ろ脚立ちなども見せたりする。すると人間達は大喜びする。しかし鹿にすれば、そんなことをするのは邪道なのである。鹿は、出来るだけ静かに気配を消してひたすら口をもぐもぐさせるべきなのである。

この長島君ツーショット事件は、その夜からしばらくの間、柿ノ木寮の伝説として語られ続けた。孫娘から懇願された長島君は、修理の済んだバイクに孫娘を乗せる約束をさせられたのだが、その情報も瞬く間に寮内に広まった。その約束がいつ実行されるのかを固唾《かたず》を飲んで見守る寮生が数名居たが、長島君は一向に実行する気配を見せないでいた。

パンク修理が無事に終わり、空気入れを返しに行ってから、長島君は自転車屋にお礼を届けた。ビール券2枚を手渡しに行ったのだ。受け取ったのは孫娘ではなく、店主のじいちゃんだったので、少々残念な思いだった。受け取りを拒まれるかと思って事前に考えていた、「ほんのお礼の気持ちです。これは、前に家庭教師先から貰《もら》っていた券なんです」と口上を述べたが、さして固辞する様子も見せずに店主は券を受け取り、少しだけ笑顔を見せた。じつはその券、貰い物などでは無く、自転車屋へ行く途上の酒屋でわざわざ買い求めた物だったのだが、そうした細やかな彼の気配りを、そのじいちゃんが少しでも慮《おもんぱか》る様子は見られなかった。

そんな出来事の後、しばらくの間、自転車屋の美少女孫娘との密会が続いているのではないか、と柿ノ木寮内で噂が飛び交っていた。しかし、あまりにも平々凡々とした長島君の暮らしぶりに、しだいに誰もその後の顛末《てんまつ》を話題にしなくなっていった。ただ、バイクの調子はすこぶる良かった。長島君は、そのバイクを借りてバイトに行っていたが、以前のようにツーリングなどに乗り出す事は無かった。ある寮生は、そういう長島君のストイックさを見て、きっとツーリングに行くなら美少女孫娘と一緒じゃなければならない、と決めているのだろう、と勝手に決め付けていた。

吾輩ら鹿にも、そうした長島君の決心は理解出来る。ならばそう決めたことに向けて、少しでも実現出来るような努力をすべきだろう、という意見があるのも分かる。しかし寮生の純情が、そうしたあからさまな行動をためらわせることがあるのも知ってもいるのである。純情が欲情を凌駕する、という一時期が青年期には見られることがある、と吾輩ら鹿も柿ノ木寮生達から教えられたわけだ。

ところで、孫娘の方があの約束をどう思っていたのかだが、それについてはついぞ明らかになることは無かったのである。

第五話　あるバイトないバイト

　幾人かの柿ノ木寮生達の日常は、アルバイトのはしご状態と言えた。家庭教師や塾講師など定番のアルバイトも確かに多かったが、庁舎管理の宿直や道路工事に伴う定時水質検査、交通量調査などの一風変わったアルバイトも結構あった。これらのアルバイトは、自分で学生課や生協の掲示を見て始めるケースもあるにはあったが、寮ではたいてい先輩からの引き継ぎで始めることが多かった。それも寮らしさの一つだった。

　福田さんという人が寮生と付き合い出したのは、いつ頃からだったか。代々、先輩から後輩へ、あるいは同級生同士で紹介して、その福田さんバイトは受け継がれていた。彼はビル掃除を請け負う仕事を寮生と共に仕上げて生計を立てていた。ワンボックスの軽自動車に掃除道具を積み込み、仕事の量に合わせて人数を調整して寮に迎えに来ていた。そして大抵の場合、寮生はその仕事を真面目にしていなかった。

　吾輩ら鹿にとっての仕事は、自分の食べる分を自分で確保することだから、誰が得するでも損するでもない。サボれば自分が空腹をかこつだけの話だ。それが人間の場合、誰かが得をすると別な誰かが損をする巡り合わせになるようだ。福田さんの掃除バイトで、寮生がサボっているのにバイト代で得をすれば、その分を福田さんが損をしてしまう仕組みだった。

ある年の盆休みに、大きな会社で廊下の床磨きバイトがあり、寮生二人を福田さんが連れ出していた。その二人は前夜の徹マン（徹夜マージャンのこと）のせいで使い物にならなかった。一人はトイレに入ったままだったし、もう一人は壁にもたれてへたり込み、無闇にウエスで床をなでていた。作業のほとんどを一人で仕上げた福田さんだったが、その二人には正規のバイト代を払っていた。

福田さんのお掃除バイトは、現場ごとに内容が変化した。床磨きやワックスがけが基本だったので、ポリッシャーを扱えるほどにバイト慣れした寮生は大事にされていた。でもそうでない新米寮生も大事にされていた。壁際数センチまで床にワックスを伸ばしていく作業は、やはり人手に頼るしか無い。未熟練バイト生はそこに登場が期待されているのだが、たいていは徹マン続きで居眠り半分の輩が多かった。

ある時のバイト内容は窓拭《ふ》きだった。時期は年越しを前にした大掃除のタイミングで、屋外は寒風吹きすさび、指先はかじかんだ。その会社のビルの3階4階の窓拭きだけを依頼されていた。さすがに窓拭きで居眠りする者は居なかった。三人のバイト生を伴って福田さんはビルに赴《おもむ》き、顔ぶれを見てから、二人を外側に、一人を内側に配置した。外に足場があるわけも無く、窓枠にしがみついての窓拭きだ。少しでも正気度の高そうな顔付きを外にしたのだ。一人だけ内側になったのは、二村君という1回生だった。やたら技術系の仕事に凝りまくる性格で、四角い顔に細い目が印象的だった。たぶん、そのせいで福田さんは、彼が居眠りでもしているように思えたのだろう。

吾輩ら鹿にしても、その二村君をそばで見てたとしても、はたしてこちらを見ているのかどうか、いつも自信が持てなかった。その顔付きでさらに笑いでもすると、目の部分が一本のしわになるので、彼には外の景色が見えているのかどうかと心配になるほどだった。でも彼はいつも真剣さにあふれていた。確か剣道の有段者なのだが、試合相手は彼の目を探している限りは誰も勝てなかっただろう。

その二村君がなぜか3階から落ちかけたのだ。内側の窓を拭いていたはずだったのに、何ということだ。

窓拭《ふ》きをするのに、外と内と両側に人が居るのは危ない。一人が自分のペースで窓を自由に開け閉めして拭くのが一番安心だ。だからこの時も二村君は一人で窓を拭いていた。内側からだけだ。外の窓拭きは汚れがきついので、予《あらかじ》め洗剤を溶かした液でガラス表面を濡らしておく。汚れを浮き上がらせてからワイパーで一挙に拭き取るときれいに仕上がる。内側の窓拭きでは、場所によっては水を使えなかったり、汚れがそれほどきつくなかったりして、から拭きだけにすることも多い。この日、から拭き用の雑巾を二村君は窓から落としてしまったのだ。

吾輩ら鹿の生活では、あまり高い所に行くことは無い。木登りに挑戦する若い鹿もたまには居るが、成長するにしたがってそんなこともしなくなる。まぁ体重が増えてしまって、後ろ脚で立ち上がるのが難しくなるのが一番の理由だ。でも元々、高い所は苦手なのである。だから雑巾を落とした二村君が、何のためらいも見せずに窓から体を乗り出し、途中にあった外壁の出っ張りに引っかかった雑巾を取ろうとしたのは、信じがたく思える行動だった。

雑巾には手が届かなかった。次に窓から外に出て、自分の足先で雑巾を地面に落とそうとして窓枠にしがみついた。この時、二村君は窓枠にしがみついて、まるで外から内側をのぞき込んでいる形となっていた。そのタイミングで、ちょうどその会社の女子社員が廊下に出て来て二村君と目が合った。彼女の悲鳴が、3階の窓からのぞき込む人の姿に驚いたのか、二村君の照れ隠しの笑いのせいで目がしわに隠れたせいなのか、今となっても不明のままだ。

福田さんは、悲鳴を聞き付け、飛んでやって来た。二村君は大事件の実感もなく頭を下げていたが、福田さんは会社の偉いさんに平身低頭だった。それでも福田さんは、めげることなく柿ノ木寮生達をバイトに呼び続けている。

年が明けてまだ寒い時期、年末の大掃除仕事のてんてこ舞いがいくらか思い出になりかけた頃、福田さんは柿ノ木寮のバイト生らを集めて宴会をよく開いた。料理屋の座敷で鍋を囲み飲んで喋《しゃべ》るだけの集まりだ。一度でもバイトをした寮生らに声が掛けられた。中には「これからします」という触れ込みで、お掃除バイト未経験の寮生が参加することもあった。福田さんは、そんな新顔にも水炊きの肉を気前よく勧めていた。

集められた寮生達は、温かい料理と高級そうな酒の口当たりに上気した面持ちで、福田さんの問いかけにあれこれ答えていた。そこで精一杯自分の話をすることでしか、その場の歓待の雰囲気に応えられないような気分に寮生達はなっていた。寮生活でも、普段は付き合いが深いわけでもない間柄もあったので、鍋の席の話は誰にとっても初めて聞くようなワクワク感があった。福田さんは、そうして続けられる話に笑顔で耳を傾けていた。

こうした若い世代への鷹揚な接し方というのは、じつは吾輩ら鹿にとってもなかなか難しい課題となっている。ともすると、年長の鹿からの小言めいた話が増え、誰々の態度がでかいとか、角の手入れがなっていない奴がいるなどの繰り言が続きそうになるのだ。そうなると若い鹿は、年長の鹿を遠ざけるようになる。当然だが、そうなると年寄り鹿は誰にも相手にされなくなり、一層意固地になってしまう。福田さんのように達観するのは難しいことなのだ。

　ある朝、バイトに向かう車で二村君は福田さんから彼の若い頃の話を聞かされた。福田さんが自分の話をするのは、とても珍しいことなので、二村君は驚いて興味をかき立てられた。その話によると、福田さんは若い頃、その名前を聞けば誰もが知っている一流家電メーカーの社員だったというのだ。


　新入社員として大手家電メーカーで働き出した福田さんは、バリバリ仕事をこなすべく常に意欲満々だった。研修の時期には、いろんな部署を見学で回り、職場ごとの独特な仕事スタイルに驚かされた。こんな仕事があるのかと感心させられたり、大企業の偉容を誇る高層ビルに圧倒されたりした。そして、実際に仕事として与えられたのは、得意先の中小工場を回るルートセールスだった。最初、ルートの案内に先輩が付き添ってくれた。

　その日の付き添いは女性の先輩だった。いつもは支店で事務を執っている人なのだが、外回りの人手が足りなくなったので急に付き添いを割り振られたとのことだ。とある工場に据え付けた自社製の機械のメンテナンスと先方の担当者との顔合わせが目的だった。その工場は遠く離れた郊外にあったものだから、以前その工場に営業で出入りしていたその女性が福田さんの案内役に選ばれたわけだ。

仕事上の先輩後輩の関係は、学生間の先輩後輩とはどことなく雰囲気が違う。吾輩ら鹿の生活では、仕事だけで切り取る活動を想像しにくい。鹿には生活丸ごとに長幼の序がある。その点では学生の先輩後輩、特に寮生活での先輩後輩の関係に近いものがある。そういう特性があることで、吾輩ら鹿が柿ノ木寮に親しく出入りするようになっているのかもしれない。

で、営業車を運転していた若き日の福田さんは、助手席の女子先輩が指示する通りに道を進んで行った。問題だったのは、その先輩がストッキングをすり合わせた音を立てたり、暑がる風を装って事務制服の胸元をはだけたりする仕草だった。福田さんは大いに焦った、という話を、二村君は車中で聞かされたのだった。

「考えてもごらんよ、運転している横でスカートをたくし上げたり、カーブのたびにしなだれかかって来んねんで。そうやって、新人をからかうんや。全く人をバカにした話や」と福田さんは、助手席の二村君にぼやいた。「へぇぇぇ、その人、美人やったんすか?」と聞き返した二村君に、福田さんは、女性性の問題では無く人間同士の関係性の問題なのだ、と少しムッとして答えた。ストッキングがこすれ合う音に妄想が膨らんでしまった二村君には、対人関係の相互尊重をテーマにするには、頭と下半身の両方を冷やす時間が必要だった。

結局、その後に福田さんはその有名家電メーカーを辞めて自営業を始めた。そこに至る屈折した思いと行動について、時々福田さんはバイト生達に語りたがったが、バイト生の多くは他者の屈折を実感出来ない自身の経験不足か、または逆に屈折し過ぎているかの両極端で、福田さんの数奇な体験談を味わう力が無かった。

こうした世代を超えた議論は、吾輩ら鹿の間でもなかなか難しい。若い世代は聞く耳を持たず、古い世代は語り方を知らない。若い時分の体験を長じた後に振り返ると、過去の出来事の意味付けが出来たりする。その思いを若い世代に語ろうとしても、若い彼らには受け止める余裕が無いのだ。語りには工夫が必要なのである。

さてその夜、二村君は柿ノ木寮で、自分が聞いた福田さんの若き頃の逸話を話題にした。すると数名の寮生が自分も聞かされたと語り出した。そうした体験談の共有から、寮生間で福田伝説が勝手に語り継がれていき、その意味付けも変化していった。今では、福田さんは稀代の女たらしと喧伝《けんでん》されてしまっている。妄想の肥大化という方向に向かったのは、柿ノ木寮という場のせいだったのかもしれない。あれだけマジメな福田さんの話なのにね。

第六話　着ようボンビー

毎月一斉に掃除する際には、居室内のゴミが一カ所に集められることになる。年に2回ある部屋替え後の大掃除では、もっと徹底的に要不要が厳選されて不要物が集積した。そのゴミの内容も、年ごとに変化を見せていた。簡単に言うなら、まだ使えそうな物が平気で捨てられるようになって来た。寮生の生活そのものが変化していることが、そうしたゴミの集積からも見て取れた。

例えば冬場の防寒に重宝されていた褞袍《どてら》は、いつしかあっさりと見捨てられるようになり、姿そのままにゴミに混じっていた。これまでの寮生なら、穴が開いたら針と糸で穴を塞《ふさ》ぎ、それでも足りない大穴には当て布の補修をしてボロボロになるまで着ていたものだった。卒寮する先輩から後輩へ引き継がれる褞袍《どてら》もあった。

何も人間だけのことでは無い。吾輩ら鹿の世界でも物を大切にする習慣が失せかけてきている。それは、若い鹿に限らない。長老の中にも、鹿せんべいを与えられて、せんべいだけを食べてお仕舞いにする鹿が出て来た。吾輩などは、きちんと包んでいた紙のひもまで食べ尽くすものだ、と教え込まれていたのに。そうしたていねいな食べ方が、観光客に満足感を与えていたはずだったのに。潤沢にせんべいが与えられて、その美風は消えかけている。

寮生らしさを永遠に続く循環だと心得ていたのが、パンクチャーな長島君だった。彼は積み上げられたゴミの山を、申し訳なさそうに見上げてから、褞袍《どてら》と幾らかの衣服を救出した。そう、それは救出だった。

手先の器用さでは柿ノ木寮随一と噂されていた長島君だったので、ひじの部分にあった穴は塞《ふさ》がれて、その褞袍《どてら》は完全復活した。まだ寒い季節には間があったが、見事に繕《つくろ》いが出来たうれしさもあって長島君は好んでその褞袍《どてら》を着て歩いていた。几帳面な彼のことだったから、天気の良い日には虫干しをしたし、何カ所かの目立つシミもベンジンで染み抜きしていた。

そんな彼の褞袍《どてら》姿を見とがめたのが、塚越先輩だった。その褞袍《どてら》は、この春に卒寮した先輩から自分が譲り受けた物だ。それを勝手に着られるのは困るので、さっさと返してくれ、と長島君に要求したのだ。何人かの寮生は、長島君がゴミ山から褞袍《どてら》を救出し、その後に着られるように修繕したことを知っていたので、塚越先輩にそう話した。でも、先輩は自分が捨てるはずはなく、誰かが間違ってゴミ山に置いたのだと言った。

吾輩ら鹿にも紛争の種はいろいろある。万能の解決策などあるわけも無く、その都度収まりどころを探り当てるしか無い。鹿にも歩み寄りしか無いのである。人間もそうするのかと思っていたら、塚越先輩は強引にもその褞袍《どてら》を持ち帰ってしまった。やはり、先輩と後輩の力関係がものを言ったのであろうか。

完全修復された褞袍《どてら》には、さすがに礼を言った塚越先輩だった。しかし、礼を言われてもすぐには納得出来ない長島君だった。そもそも物を大事にしない風潮が大きな問題なんだ、と彼は考えていたのであった。

大掃除で集められたゴミ山の焼き上げは、まるで柿ノ木寮の備品のようになじんでいる数名の長老達の役目だった。冬場のゴミ焼き当番は誰でも引き受けようとしたが、夏場の暑い中ではさすがになり手は少なかった。そのせいもあって、長島君がゴミ山の後始末を申し出た時、長老達は喜んで代わりを頼んだのだった。

その時のゴミ山にも、まだ使えそうな衣類がいくつも混じっていた。洗濯さえすればそのまま着られそうなシャツや、袖の肘だけがほころんでいるぐらいなのに捨てられたセーターなどがあった。それら見放された衣類をていねいに選り分けて、長島君はゴミ山から拾い上げた。近くを通りかかった寮生が声を掛けてきた。「そんな服を集めてどうするんだい?」。長島君は、「もったいないを形にするんだ」と答えた。

吾輩ら鹿に限らず野生の生き物の多くは、実在するかどうかに関係なく、そこに無い物を見ることがある。要するに、気配を感じ取るということだ。さっきこの道を通ったらしい肉食獣の気配を感じ取れなくては、自然の中で鹿は生きていけない。長島君は実体の無い「もったいない」を、実感していたということなのだろうか。

ゴミ山当番の日から、長島君が自室にこもったままになったので、周囲の寮生達が気にして声を掛けたり部屋を訪ねたりするようになった。生返事の彼は、そのうち大学の家庭科実習室に入り浸《びた》るようになっていた。


立ち仕事に合わせた高さで広い机が、そこ、家庭科実習室に並んでいた。長島君は、机の上にポータブルミシンをセットして、あれこれ集めた衣類を縫っていたのだ。原形を留めないまでに解体されて、生地だけが利用されていた物もあったが、元の形が分かる継ぎ合わせもあった。この部分の元の姿はマフラーだったんだ、と分かる素材で手提げ袋が縫い上げられたり、元の縕袍《どてら》の趣は消し去られ挑戦的な色づかいのジャケットが仕上がったりしていた。つまり、長島君の器用さが、遺憾なく発揮されていたわけだ。

何日間か通い詰めて、ついにゴミ山から救い出した衣類達が、再デビューを果たした。頭に被った帽子から、爪先に手袋を再利用した靴下まで、長島君はゴミ山衣類を全身にまとったのである。その立ち姿の、あまりに超絶した感覚によろめきかけた寮生仲間が、彼に向けて発した言葉が、瞬く間に柿ノ木寮中に広まった。「長島は一人仮装行列をしている」と。

行列とは複数のものの連なりのことだ。それなのに長島君が一人で行列というのは、どういうことか。吾輩ら鹿には群れる習性がある。特に雌鹿や子鹿にその習性がよく表れやすい。つまり行列をなすのが、日頃からの姿である。しかし雄鹿は単独行動を好む。その雄鹿のくせに、群れをなしたがる奴が仮装行列を作るということなのであろうか。いやいや、そうではなく、長島君の行列はもっと過激な意味を体現していたのだった。

その出《い》で立ちを見た者は、誰もが一瞬息をのんだ。寄せ集めで作られた衣装に身を包んだ長島君は、柿ノ木寮だけではなく、大学までもその姿のまま出かけたので、すれ違う誰もが絶句した。遠目に見た者は、思わず駆け寄って確かめようとした。そして近くで見て、改めて身を固まらせるのであった。

長島君にすれば、気軽にうち捨てられる衣類の代弁をしている心持ちだったのである。だから、その継ぎ合わせの衣装から、多くの声が聞こえて当然だった。赤いネクタイの元は手編みのマフラーではなかったか。編んだ人の思いと、それを受け取った時の思いは、今はどうなっているのか、と長島君はマフラーの代わりに声を殺して訴えていたのである。ポケットになった元ハンカチや、靴下の元バッグなど、彼は一人でありながら多くの思いを表していた。一人仮装行列の命名は、けだし言い得て妙な名言であったわけである。

吾輩ら鹿にも、一頭でありながら二頭三頭の存在感を醸《かも》し出す手合いがいる。それは、猛烈な食欲で周りに誰も近付けない我が儘《まま》な鹿である場合もあるが、思慮深く落ち着いた振る舞いとして表れる神鹿としての気迫の場合もある。個としての実在に沿って、うっすらと過去の集積が感得されたりするのだ。単に神様の乗り物だっただけでの神格化では、吾輩ら鹿も、とうてい満足するわけにはいかないのである。

長島君は、その念のこもった衣装を身にまとうことで、一人でありながら行列をなすような迫力で周囲を畏怖《いふ》せしめた。この出来事の後、では柿ノ木寮に無駄遣いが無くなったかというと、そうでも無い。そうでも無いが、寮生の中に、「もったいない」が時に実体化するという教訓を得た者は大勢居たのだった。

第七話　文芸と武芸

夜中に妙な音がするなぁ、と近寄ってみたらバットの素振りをしていたりする。その素振りが木刀や竹刀だったりすることもある。さらには、その木刀が素振りではなく他の寮生を目掛けて振り下ろされたりもする。柿ノ木寮には、油断のならない武人といった手合いがたくさん居た。

かといって、そうした武張った雰囲気だけでも無かった。俳句をたしなみ、毎年発行されていた寮の機関誌「松籟」に、連句を投稿し続けていた文芸の人も居た。書道を究めようとする学生には、特別書道課程があることが魅力らしく、全国から熱意ある受験生が大学に集まって来ていた。寮内の落書きにも墨痕鮮やかに「明鏡止水」などと書かれていると、思わず足を止めて見上げてしまうこともある。

吾輩ら鹿にもいろんな性格の違いがあって、喧嘩っ早いのは誰に向かっても突進して行こうとする。たいていは相手の方が鷹揚に構えてやり過ごすのだが、相手も喧嘩っ早いと睨み合いやぶつかり合いになることもある。そうなると双方、引くに引けなくなり、夜通し意地を張り続けるような馬鹿げた事態にもなってしまう。それでも、人間同士が見せるような、殲滅《せんめつ》戦になったりはしない。そこまでの底意地の悪さは無いからだ。

荒ぶる気風を体現するような寮生に対して、自然や人の機微に繊細な心で反応し静を体現する寮生も、一定数存在した。珍しい例だと思うが、その両方が一人の寮生に体現されることもあった。要するに文武の人である。

特書課程という書道教育の専門教員を養成する課程に在籍していた松永先輩は、合気道をたしなみ、書道にも精進する文武の人だった。彼の書には、見る者を優しい気持ちにさせる大らかさがあった。彼は、人と話す際にいつも微笑みを絶やさぬ一方で、列に横入りする横着者を一喝する迫力も見せた。そんな寮生も居ることは居たのだが、多くの場合、武芸・文芸はどちらかに偏りがちだった。

寮行事があれば、どちらかというと武芸に秀でた者が目立つことが多かった。スポーツ大会などであれば、普段から体の鍛錬をしている方に利があるのは当然だ。例えばソフトボールの試合でも、打席前の高鳴る心臓音を四行詩にどう表現しようかと悩む詩人には、華々しい出番はあまり無かった。世の中の目は、どうしたって流麗な円弧を描くホームランボールに向けられるのが常だった。

そんな中で、創作文芸誌を刊行しようと仲間集めを始めた寮生が居た。「たけ兄い」と先輩達からも呼ばれていた竹川君達のことである。彼自身は上背もあり水泳では人後に落ちないスポーツマンであったが、文芸にも関心を寄せる繊細な面も持ち合わせていた。誌名を「リップル Ripple」とする文芸誌の、同人を募ったのである。

吾輩ら鹿には、こうした芸術的な人間の取り組みは、ある種の憧れである。残念ながら鹿には、詩よりもエサなのである。で彼らは、エサよりも詩を求めたのであろうか？　そこにあるのは、なかなか険しい道のりなのである。


発刊の辞は、たけ兄いこと竹川君が既にものしていた。素直な言い回しであるものの、強い意志を読む者に訴える文章は、自分達のささやかな試みが小さな波紋であると宣していた。しかし、その波紋がさらなる波紋を呼び、それらが集まることで大海の大波にもなるはずだと。初めから大波だった波は無くて、小さな波の切っ掛けがリレーされて大波になるはずだとの意気込みである。

参集したのは、日頃の寮行事であまり出番の無かった鈍くさい系が多かった。スポーツが苦手というよりも、場の動きに追いつけないおっとりした連中とか、端から空気を読んだりすることに関心の無い偏屈人が文章や書画を寄せた。内容は多岐にわたり、小説もどきもあれば、紀行文、俳句、和歌に現代詩、さらには連歌もあった。ところが、柿ノ木寮で毎年発行している機関誌「松籟」との関係が微妙になってきたのだ。つまり、「リップル」が既存の柿ノ木寮における文壇に挑戦する構図が、現出してしまったのである。

吾輩ら鹿の間にも、既得権についての厳しい掟はある。いくら若い雌鹿が言い寄って来たとしても、近くに馴れ合いの契《ちぎ》った雌鹿が居てこちらを見ていれば、そうそう軽はずみな行動はとれない。毎年決まって最初に赤くなるあの山葡萄の実を囓《かじ》るのは、長老鹿だと誰もが納得していた。だから、「松籟」と「リップル」の関係でも、何かの棲み分けが必要になってきたというのは、鹿にも了解可能な緊迫状況なのであった。

特に問題視された掲載作は、「不幸を喰う享平」と題された小説もどきだった。その話は、地方大学の写真部が学内の不正や問題をゲリラ的な写真展で世に告発する様子を描いていた。そこには、幾つかの運動部の退廃的な下級生いじめや、理不尽な金集め合宿などがまことしやかに書かれていたので、一部の運動部員達が注目するようになったのだ。

文芸誌リップルは、季刊を目標に原稿を集め、印刷製本していたが、あくまでも不定期刊行を掲げていた。掲載作を問題視する勢力からは、廃刊を要求する動きは出なかったものの、早く続きを読ませろとか、場合によっては作者の意図の説明を要求するぞ、などといった圧力がじんわりと押し寄せて来た。出版責任者のたけ兄いは、少しはビビったかもしれないが、「気にすること無いよ、だって読まれている部数はものすごく少ないんだから、いざとなれば、そう言えばいいんだ」とうそぶいた。部数の少なさが弁解理由になることの寂しさよ。

吾輩ら鹿にも一時の流行が、それまでの習慣に劇的に影響を及ぼして鹿としての生活が浮き足立つことがあったりする。例えば、ペットボトルが出回り出した頃、その中途半端な固さのせいで、ボトルを噛み砕いて飲み込もうとする蛮行が広まりかけた。それ以前のガラス瓶や金属缶なら噛めなかったのに、プラスチックは噛み砕けないことも無かったからだ。臭いに誘われ舌を伸ばして抜けなくなる騒ぎもあった。流行は過激に走りがちなものなのである。

一部の体育会系うるさ型から注目されていた「リップル」の次号は、秋も押し詰まった頃にやっと発行された。学内での話題がどれだけ描かれているかを気にしていた彼らは、その「不幸を喰う享平」の筋が一挙に学外の街場が舞台になっていたのを読み、胸をなで下ろした。世の不正をカメラ一つで告発し続ける登場人物達は、今や「青非年狩り」に血道をあげる展開になっていた。

この青非年とは、その話の中で用いられていた言葉で、青年でありながら未来への展望を欠き自己研鑽《けんさん》の意欲を持たない存在を意味していた。世の不正を暴きつつ、青年を鼓舞すべく彼ら写真部員達は世の隅々までへと活動の場を広げていったのであった。ということで、一時期は自分達の悪弊があげつらわれるのではないかと恐々としていた一部運動部員らは、その後の話にも文芸誌「リップル」にも急激に関心を失ったのであった。

一時期の高揚とすぐ後の無関心は、吾輩ら鹿の日常でも時に体験することである。修学旅行生が集中する秋になると鹿を見て興奮する彼らの高揚感が、鹿にも影響を与える。吾輩らも意味なく興奮してしまうのだが、その旅行生達が去った初冬には、一挙に空虚感が押し寄せる。それは何かの消失ではなく、無の席捲《せっけん》なのである。

それでも一時期、普段は小説など読むことの無い武人の群れに、「リップル」は文芸の力を見せ付けたのは確かなことであった。ペンが剣より強いのは、きっと人に虚無の存在感を感得させ得るからなのであろう。

柿ノ木寮の本を読み、感想文の課題提出をした女子高生が居た。その評価をしようと高校教師が読むと、自分の学生時代が蘇った。私達の身近に、柿ノ木寮があることを、小説として語ろうと思う。

一　我らの隣に

夏休み中に読んだ本の感想文を書くか、新聞やネット記事を読んでテーマを決めて論説文を書くか、どちらか一方の提出を課題として出した。原稿用紙数枚程度を手書きで、と話したらすぐに総字数で何文字かと聞いて来た。確かに今どきの高校生にとって、文章量を四百字詰めで想像するのは難しいだろう。それを分かっていながらも、この説明で課題を出し続けている。今回も枚数に反応は無かったが、約二千字だと続けて話すと、あちこちで溜息がもれた。

その落胆ぶりが何やらどうも実感に乏しい。というのも、生徒が比較考量する面倒臭さの基準というのが、試験問題の文字数指定だからだろう。解答欄にはたいてい数十字が指定されている。だとすれば二千文字は確かに多いが、基準が数十字なのだからそれを越えた百字も千字も同じように面倒なだけだ。原稿用紙数枚という指定ではピンと来なくて、文字数が解答文の数十倍だと知らされても負担感は既に飽和している。生徒達は既に疲れているのだ。

結局提出された多くは論説文だった。じつに分かりやすい。本を読むより記事を読む方が楽だからだろう。課題提出という結果を出すのに、できるだけ読む文字を減らせたなら、省力化によって生産性は格段に向上させられる。そう考える生徒が多い中で、時にはしっかり読み込んだ本について考えを巡らせ、丁寧な感想を提出する生徒も現れる。S崎T恵はそうした生徒の一人だった。

彼女が取り上げたのは、発達障害について語る、というテーマだった。柿ノ木寮という架空の学生寮で暮らす男子寮生の日々を描き出す『コトニスム・カタルシカ』という本を読み、その中の一篇に注目した。その登場人物が自閉スペクトラム症に当てはまる気がする、と彼女は書いていた。つまり、彼女は一冊の本を読むだけでなく、その内容から気になったことを調べるために別な本も読んで感想文を書き上げたわけだ。それだけの手間暇かけた文章は、読む側にもそれに見合った気合いを要求するようだ。私は何度も読み返すことになり課題評価はすっかり後回しになっていた。

「～この新入寮生は、夏休みや冬休みなどに寮の風呂が止まると、シャワーを浴びるために冬に山道を走っていました。他の寮生達は風呂を使えない時に銭湯を利用するのだから、それと比べるとこの新入寮生の行動は、私に強い違和感を与えました」

話の中でこの寮生は、風呂の水シャワーを浴びるために、事前に自分の体温を高めておこうとして寮に隣接する広大な神社の森を走り回るというのだ。夏休み時期なら、ボイラーに溜められた水が太陽の熱で充分に温められるので快適にシャワーを浴びることが出来るのは理解可能だ。ところが冬休みだと、太陽は水を温めるまで強く照らなくなる。それなら近くの銭湯に行けばよいものを、水温が高くならないなら自分の体温を高くするしかないと、この寮生は汗をかくまで走り回るというのだ。ジャージやヤッケや褞袍《どてら》で着膨れした姿を、繰り返し何度も目撃した、と鹿が語っていた。そうした様子から発達障害の一つである、ＡＳＤ（自閉スペクトラム症）と見なせるのではないか、と彼女は言う。その理由を、この障害が見せる特徴が当人によく当てはまるからだ、と続ける。

「ＡＳＤの主な特徴として挙げられていることの二つに、当てはまるからです。一つ目は拘《こだわ》りが強いことです。シャワーを浴びることに執着していることから拘りが強いことが分かります。二つ目は社会性やコミュニケーションの障害があることです」

休止中のシャワーを何としても浴びようとする彼の拘りが常軌を逸している、と彼女は指摘している。自閉の傾向があると、特定の行動を繰り返すということを、彼女は自分で調べていた。単純な動作を長い時間繰り返す場合、それを常同行動と呼ぶことも、説明していた。そしてさらに、そうした自閉の傾向というのは誰にもあるもので、実際に行動となって現れる度合いが違うだけ、というスペクトラム、つまり連続体の考え方についても、きちんと書き込まれていた。それではもう一つの、社会性についての問題点を、彼女はこの寮生のどこに見出したのであろうか。

「物語の中では新入寮生の行動のみが描写されており、行動の理由を含め本人が誰かと話をするような描写が一つもありませんでした。このことは、この寮生が他の寮生に関心を示さずにいつも一人で行動し、周囲とうまくコミュニケーションを取っていなかったことを示していると思えるのです」

他者との会話、交友関係の広がりが描かれていないことから、彼女は当人の社会性の乏しさが気になったというのだ。文章に書かれた内容から登場人物の人となりを想像することは、読解の基本であろう。ところが彼女は、文章に無いことから想像して人物像を描いたのである。ここまでの深い読み込みは、誰にでも出来るものでは無いだろう。確かに、この寮生には気軽に冗談を言い合ったり、特定の話題について話し合ったりする友人が少なかったのかもしれない。そう感じさせるだけの、個人的な視点からの記述が多かった。彼女はそれらを踏まえた上で視野を周囲に広げ、他の寮生達がどう彼に対応しているかについて触れている。

「新入寮生と他の寮生との間には距離があります。その距離を無理に縮めようとするのではなく、寮内でとられた対応は、当人と深く関わらないようにすることだと思えました。つまり、他の寮生達は、この新入寮生の行動を不思議に思いつつも、その寮生のことを馬鹿にしたりせず、妙な格好で走り回るなどの行動についても理由を聞いたりしないことを選んだのだと思いました」

当人の好きなようにさせて問い質《ただ》さないという行動にこそ、他の寮生による特徴が見られると彼女は書いている。ことによると、それはある種の優しさなのかもしれない、とも書いていた。偏屈な新入寮生に対し、存在は認めつつも行動の一つ一つを気にしないようにするという態度が、当人を一層の孤独に追い込まない結果につながったというのだ。

「現代の特に学校などでは、障害についてあまり理解が無い小中学生は、例えばＡＳＤの人に対してその特異な言動を見てついからかってしまうことがあります。それでよくトラブルになったりします。それは、個人の領域に土足で踏み込むようなものだからだと私は思います。この物語からは、ＡＳＤの人が自分の世界に入っている時には、距離をおいて好きにさせておくことや、別な機会にコミュニケーションを少しずつ取ることが、大事だと気付くことが出来ました。私もこうした一歩踏みとどまるような行動を、これからは意識していきたいと思いました」

彼女は周りの寮生が見せた間合いの取り方に注目していた。深入りしすぎず、かといって全くの無視でも無い。関心を持ったとしても軽々しく介入はしない、というどっちつかずのあいまいさに優しさを見出した、と言えそうである。

こうした視点は、発達障害について論じる際にはとても大事なものに違いない。多くの人が注目しがちな当事者の行動から、議論の対象を個人から周囲の人々へと転換させ、そこでの対応方法という関係の議論に裾野を広げる切っ掛けになるものだ。Ｓ崎Ｔ恵の視野がこうした広がりを持っていることに、私などは大いに期待をふくらませている。つまり、物語の寮生以上に、彼女自身に、優しい心づかいを見出せると思えるからだ。

そんなことを思っていた私は、昔のある時期の出来事を急に思い出して驚いた。彼女は感想文でシャワーの寮生を発達障害かもしれないと見なしていたが、私も学生時分には部屋を一切暖房しないことに拘っていたのだ。私は本の主人公のような寮生では無かった。学生アパートの四畳半暮しを続け、特に四年目の冬、居られるだけ大学に居て、寝る前ぎりぎりに部屋に戻って布団に潜り込む生活をしていた。近くに住む大家さんの所へ、家賃を持って行く時に、いつも他の学生より極端に少ない光熱費に、そのおばさんは驚いたものだった。私には、その驚きの顔が妙に誇らしく感じられていた。その頃大家さんは、自分の娘にアパート内の廊下掃除などを任せていたのだったが、その娘が私の部屋の電気やガスのメータを見誤って記録したのではないか、ときつく叱りつけたらしかった。ある時、そんないきさつを、娘さんが冗談っぽく話してくれたこともありありと思い出した。じょうずに光熱費を節約していますね、という感想を聞くのが毎月の密かな喜びでもあった。

どうしてあれほどまでに私は拘っていたのか。今となってはその理由を思い出せない。白い息を吐きながら部屋へと戻り、なかなか暖まらない夜具に心を苛《いら》立たせていたあの冬の夜に、何を考えていたのか。私は、自分の中に何だか分からない行動をする私を抱えていることに、気付かされた。その怪しい自分は、学生の時から私の中で一緒だったのに、今そのことに気付き直したのだ。

当時、研究室に長居をした理由は、卒論書きとその資料調べであった。でもそれより大きな理由は、その部屋がうっすらでも暖房されていたからだ。他の卒論生はその暖房が弱すぎると不満を口にしていた。夜が深まり寒さが気になり出すと、何人か連れだって引き上げて行った。最後はいつも私一人だった。

そんな年末近くのある晩、冷え込みが特にきつく周りの皆は早々に帰っていた。大学院生や研究生用の共用スペースにも人影は無く、窓越しに見る向かいの棟にも部屋の明かりは少なかった。このまま残るのも心細いが、かといってアパートに戻って寝るにはまだ早い気がした。暖房無しの自室に戻り、布団に潜り込んでも、これだけ体が冷えていては寝入るのが難しそうに思えた。その時、それなら走って体を温めようと考え付いた。すぐに私物ロッカーを開け、そこの衣類を全て着込んだ。Tシャツだけで4枚を重ね着した。ぶかぶかに膨らんだ格好で深夜の街中を走った。もう少しもう少し、汗をかくぐらいまでと遠回りの道を選んだ。その夜の自分の行動は、本に書かれていたあのシャワー寮生と重なっていた。

ということは、S崎T恵はあの夜の行動から私をASDと見なすだろう、ということだ。これまでの各種の研修で、授業に際して必要とされる発達障害の理解と対応を私も学んで来た。でもそれは基本的に生徒との接し方についてだった。そうではなく、自分自身が持っている執着の強さに目を向けよ、と彼女の感想文は私に語り掛けていることになる。そう思って振り返れば、今回の感想文や論説文の課題を、原稿用紙の枚数で指定したり、手書き提出に拘ったりしたのは、私自身の執着が現れたからではなかったのか。その時代遅れの頑固さを充分に意識していたというのに、自らの居心地の良さを一向に改めようとしないままでいた私に、彼女は気付きの機会を与えてくれたということになるのだろう。

「寮はフェンスで取り囲まれ、上部には数本の有刺鉄線が内側に傾いて張り巡らされていた。この仕掛けは、外部からの侵入を防ぐというより、内側の者を外に出さないために見える、と本の中にも書いてありました。そうだとすると、この寮にはもしかして様々な発達障害を持った人が住んでいたのかもしれない。私は、そう思いました。でも、それでも生活出来ていたのは、互いに認め合っていたからなのかなと、私は想像しました」

S崎T恵はそう最後を締めくくっていた。その書き方には、どことなく寮生活への親しみが感じられるように読めた。深読みするならば、彼女は柿ノ木寮という奇妙な空間に身を置きたがっているように感じられた、ということだ。もしかすると、今の学校や家庭での生活に、彼女自身が居心地の悪さを感じているのかもしれない、と思わせた。もちろんそうした具体的な記述が、その感想文に書かれていたわけでは無かったのだが。

夏休み課題の講評をまとめたプリントが授業で配られた。手にした時、生徒の多くは奇異な思いにかられた。そこに載っていたのは数名分の参考例であったが、その引用の仕方に偏りがあると感じられたからだ。論説文の講評には三篇が取り上げられていた。それぞれの引用は数行分だけだった。それに対する感想文の講評は、S崎T恵の文章でプリント半分ほどが埋められていた。

それぞれの引用に続けて授業担当のN村がコメントしていた。引用理由や注目すべき点などの記述はあるものの、偏った選定となった結果の説明は無かった。S崎T恵の感想文に対しては、発達障害について調べたことが注目点とされていた。特に高評価を示す書き方では無かった。だが、プリントを手にした生徒の多くは、N村の取り上げ方に特定個人への依怙贔屓《えこひいき》があるように感じた。そう思わせてしまう可能性があるのに、特別な配慮をするようなN村の工夫した形跡は見られなかったからである。

一人だけを特別扱いしたことにクラスは不満な思いを抱え込んでいた。その思いは沈潜し、しばらく経ったある授業で反発として実体化した。題材はルポライターがいじめ記事の後日談を取材した論説文で、そこにはある子どもの詩が載っていたが、その読み解き方で対立した。クラスの多くが賛同した詩の解釈があり、それとは違う受け止め方も可能だとする少数意見があった。その少数者の一人がS崎T恵だった。

「あの山びこ／私だけ／返さない」の詩句で、誰が何を返さないのかが問われた。多くの解釈は、私の声に対して山びこが返して来ない寂しさや空しさが表現されている、というものだった。そうではない理解は、誰も彼もが山びこのように声を返すが私だけは声を返さない、というものだった。返さないのは、孤立を恐れない決意が込められているのだと説明した。

教卓に手をついたN村は、どちらかの読み方だけが正統的であるわけでは無いと言い、続けて少数意見の理解には、例えば学校に行けないで苦しんでいる子どもの気持ちなどに寄り添った受け止め方と言えるだろう、と説明した。するとすかさず、多数派の一人が手を挙げ、孤独感についてなら、山びこが自分にだけ返して来ないという状況の方が一層強く感じられるはず、と言った。この意見への賛同が、次々に続いた。そしてついに、

「先生は少数意見の誰かを特別扱いしているんですか」とか、

「少しねじ曲げた解釈でも、その人が言えば通るんですか」とか、

「依怙贔屓って思われる説明は、しない方がいい」とかの意見が一斉に飛び出た。

N村は口ごもり、視線を教卓に落として動かなくなった。

気まずい沈黙があった。N村が何かを言わなければと口を動かしかけた時、手を挙げたのがS崎T恵だった。彼女は、

「山びこが何度も繰り返して響いても、自分はそれに加わらないというのは、皆が集まって一人をいじめているけど、自分はそれをしないということです。この詩を書いた子は、いじめられて苦しいのではなく、自分はいじめに加わらないと、晴れ晴れと決意しているのだと思います」

と意見を述べ、音もなく座った。

N村はその時、自分はS崎T恵を守ろうとしていたが、そうではなく彼女の方が自分を守ろうとしていることに気付いた。チャイムが事態に終わりを告げるまで長い沈黙が続いた。そうN村には思えたのだが、じつはほんの5分程度だったのであった。

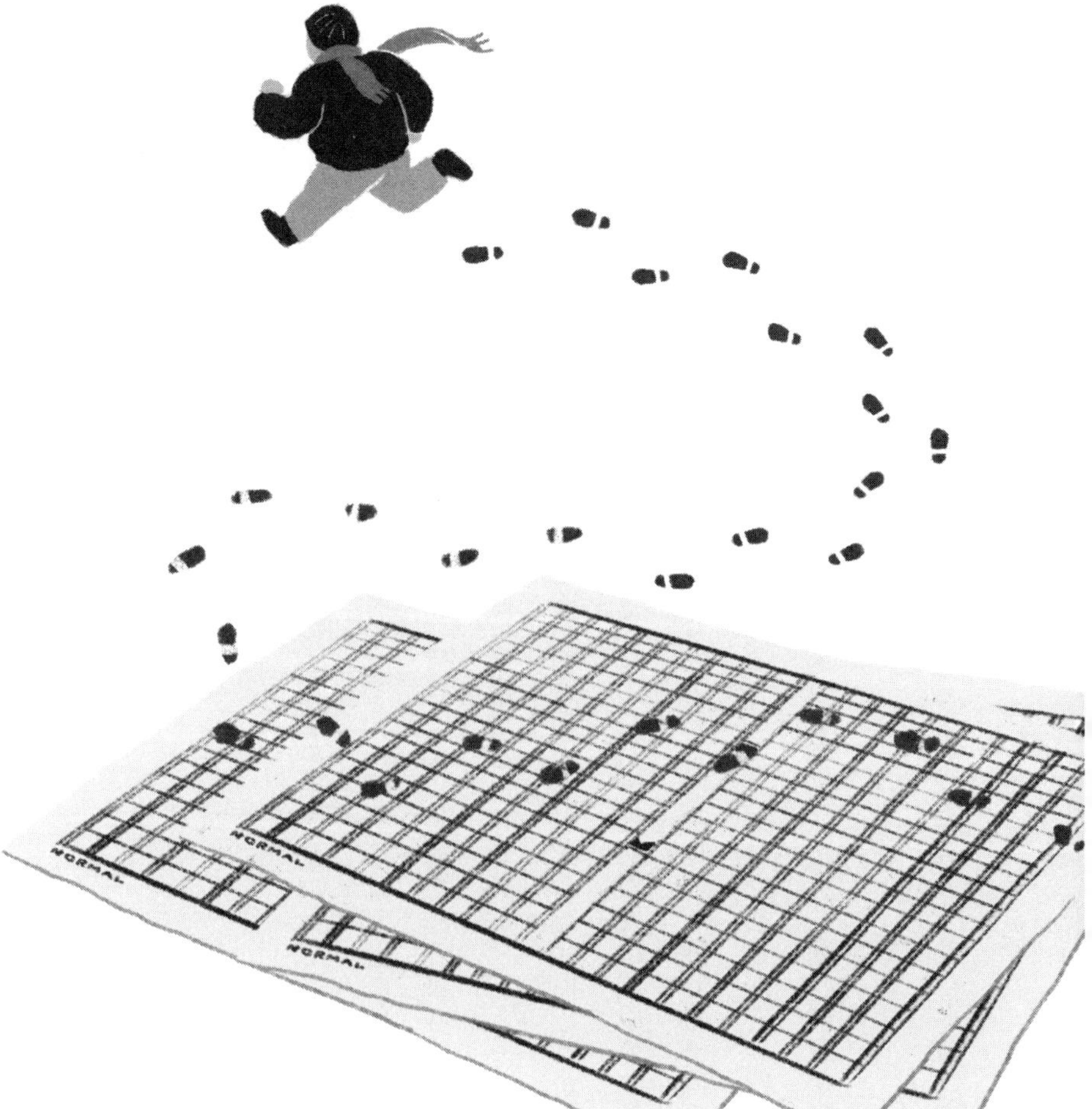
NORMAL
NORMAL
NORMAL

第八話

沈思木工

二村君の専攻は木材加工で、技術科の課程に属していた。感情や思考といった、形の定まらない気の物より、手に持てて質感のある物に日頃からなじんでいた。そこはかとない気配に生きる人生か、または手堅い実感の人生かと聞かれたら、二村君はきっと実物との暮らしを選んだことだろう。しかし日々の生活は、気と物とないまぜに交錯するものである。

その二村君は、剣道の達人であり書道もたしなむ、文武両道の人でもあった。栃《とち》だとか樅《もみ》だとかの木肌をなでて物作りをしていても、形の無いぼんやりした気配にも意識は向いているようなのである。竹刀を構える時の気力の充実と、筆を執る時の気迫の高揚は、通じ合う何かがあるのかもしれない。その彼が、竹細工の作品をこしらえて今尾君に見せたことがあった。よく見るような茶筒よりも一回り太い竹の表面に、涅槃《ねはん》図のような横臥する人を囲む群衆が彫られていた。

「竹の細工は難しいんやわ。手の脂を吸い取りよるし、ささくれにもなりやすいしな」とぼやき口調で説明したのだが、肝心の何の場面なのかは言わなかった。でも仏像フリークの今尾君には、何かピンと来るものがあったのである。吾輩ら鹿は、目と目のやり取りでたいていの思いを通じ合わせている。人間にも、以心伝心などの言葉はあるが、実態は都合の良い思い込みもあるようだ。しかし柿ノ木寮生間では、時に鋭く通じ合うことがあるようなのだ。

仏像や寺院建築などの仏教美術に傾倒する寮生達がいつも数名ほど居た。撮り仏などと自称して、各寺社の尊像を写真に収める連中には、きっとその二村君の図柄が何であるかすぐに分かったはずである。孟宗竹の表面に彫られていたのは、涅槃図に違いなかった。釈迦が真ん中で入寂の床に伏し、周りには弟子達や動物達が幾重にも列をなし見守っていた。

横たわる姿をおおう布にはリズミカルな皺《しわ》が並び、傍らでひざまずく僧が合掌する指も数えられそうなほどに彫り込まれていた。竹の粗い繊維が目立つのに、ここまで繊細に仕上げるのは、たいそう難しそうに見える。作品を手に取った今尾君は、感嘆の声を上げて二村君の努力を称えた。隣室の寮生にも声をかけ、その彫り上がりの緻密さを大いに誉め称えた。

それからのことだ、柿ノ木寮内に手当たり次第の木彫りブームが一挙にひろがったのは。カッターナイフぐらいしか持ち合わせていないにも関わらず、各自が適当な木切れを手に入れると、始終こりこりと彫り出したのである。例えば今尾君は、直径7センチほどの拾った木の枝を刻み出した。何が彫り出されるのか、当人も分かっていなかった。

そういえば、二村君がなぜ涅槃図を彫ったのかを、誰一人として彼に聞かなかった。吾輩らにすれば、それは不思議で仕方が無いことである。二村君には、何かの終わりを表現しないではいられない理由があったのではなかろうか。それをこそ、当人に問いかけて確かめるべき話だと、吾輩は思っているのだ。


2週間ほどをかけて今尾君が細面《ほそおもて》の仏像を彫り上げた。低くおへその位置で合掌する姿は腰の辺りでやや傾き、それが緩やかなリズム感を醸し出すように見えた。日頃からあまり人のことを誉めたりしない二村君が、何としたことか今尾君に「おもろい形になってるなぁ」とコメントした。それを聞いて驚いたのは、当の今尾君だけではなく、その場に居合わせた他の寮生も一緒だった。慈愛の光を静かに放つ二村君の目には、彫り上げられた仏像よりも、煩悩深き衆生を救う力があるように感じられたのであった。

柿ノ木寮ではこうした木彫りだけではなく、土をこねる塑像も流行りだした。美術専攻の寮生が授業であまった粘土を持ち帰り、それを寮でこねり出してから、真似する者が一挙に増えた。文房具屋で油粘土や紙粘土を買い、それでシーサーのような造形に凝り出す者も出て来た。誰もが何かしらの思いを込めて、それぞれの形作りに精魂込めるようになった。寮はまるで鎌倉期の仏像工房もかくやとばかりの芸術村の様相を見せていた。

今尾君が自作の仏像を自室前の廊下に飾った。小さなひさしもあつらえた。こぢんまりとしたお堂が、廊下の柱に現れた感じだ。真似するように、自信作を各自が寮内各所に飾るようになった。吾輩ら鹿にすれば、それらが食べ物で無いかぎり関心を持つことは無いのだが、ある寮生がソーセージを素材にした造形を廊下に飾ったことで、状況は一変した。鹿達にはご馳走が手招きしているような極楽に思えたのである。


そうした食べ物系の彫刻で、柿ノ木寮中の注目を集めたというか顰蹙《ひんしゅく》を買うことになった一品があった。それはある朝早くに、南寮廊下の中央部、消火器容器の上に、ソーセージ製の男根として飾られているのが発見された。亀頭部から付け根までディティールに拘《こだわ》った造りであることは、誰もがすぐに感得した。飾り方にも拘ったと見え、わざわざ針金で細工したらしく窓枠の木から斜め上を向くように固定されており、「欲情する柱」と題名を付けられそうな迫力であった。

吾輩ら鹿にすれば、あれこれ議論するものではなく一囓《かじ》りで済む話なのだが、寮生にはそうでは無かったらしい。おもしろそうに眺めていく寮生が大半であったが、見苦しいからすぐに撤去すべきだと苦情の声が上がり出した。快不快の基準が、人によって違うのは当然のことであろう。誰もが、柱から生えた一物をおもしろがらなければならないものでは無い。吾輩ら鹿にも、青々しい若葉好きもいれば、少し歯ごたえのある葉や心持ち紅葉しかけた葉を好む手合いもいる。鹿それぞれでよいのである。それで自然はバランスを保っている。

人間界では、「あるべき姿」を追求し出すと一挙にバランスが崩れてしまうことがある。一般的とは呼べそうに無い人間の多い柿ノ木寮生達であったが、「外聞が悪いではないか」と主張する声が大きくなり出して、ついに厚生委員からお達しが出た。曰く「衛生上の問題があるので、今後は食品を廊下等に放置しないこと」。

これに対して柿ノ木寮の芸術家集団が、抗議の声を文化委員に寄せた。表現の自由を圧殺するのか！　と。

柿ノ木寮における芸術論争は、世の中でいくつか炎上した社会問題と似た様相を呈しながら柿ノ木寮的に特化したスタイルで一挙に激化した。批判の矢面に立たされた文化委員の泉田君は、始終冷や汗のかき通しとなった。芸術表現に対して、あまりにも無頓着な厚生委員の通知に、文化委員はどんな意見も無かったのか、そんなことで寮内の文化的美風をどうやって醸成していくのか、と突き上げられたわけである。

寮行事には自治の手続き上に必要な、寮長選挙や部屋替えなどの定例行事の他に、寮祭があり大学祭参加などの文化的な行事があった。他にもレクリエーションとしてのスポーツ大会や他団体との合コンなどもあり、それらは文化委員や厚生委員が仕切る習わしだった。そうした取り組みの際に、文化委員は仰々《ぎょうぎょう》しく毎回「寮内の文化的な美風高揚と芸術的環境を醸成せんがため」の行事だと趣旨説明をしていた。そんなことがあった中、今回は寮生自らが芸術環境醸成のために作品展示をした。それを排除し公認の芸術以外には一切認めないとするなら、それは検閲や価値観強制という権力の恣意を許すことになる。文化委員の見解はいかに、と直談判があったのである。

吾輩ら鹿にすれば、芸術などという腹の足しになりそうも無いことに熱中出来る寮生達が不思議でならない。もしかすると、このように何につけ議論を吹っ掛け合うこと自体が、彼らのレクリエーションなのかもしれない。とすれば、形が無いもののこのパフォーマンス自体が一つの芸術表現なのかもしれない、と吾輩には思える。

廊下の窓枠に屹立《きつりつ》する男根造形は、その材料がソーセージだったことで、結局は時間が問題を解決した。撤去のお触れを出した厚生委員が処分せずとも、その作品は日に日に干からびていき、最後はすっかり萎えた状態になって、壁から落ちた。床に転がるしなびた姿は哀れっぽく、それを見るに忍びない寮生が、ある朝片付けたことで芸術論争は収束した。勃起し続ける男根は無く、高揚し続ける論争も無いと、その残骸は語っているように見えた。

その後も柿ノ木寮で木工造形を続ける寮生は居た。でもそれは、廊下に作品展示するなどのアピールとは別に、あたかも修行のように続けられた。作品はより小さく難しい仕上がりを指向するようになり、宗教的な深化を具現化していくように見えた。最初に竹細工を仕上げた二村君は、いつしかテニスボールほどの精密な地球を造り上げていた。彼が言うには、この木球を両手で包むと、今現在の紛争地域がチクチクと手のひらに痛みを伝えてくるというのだ。彼がその作品に込めた願いを、球を手渡された寮生の何人かは実感出来るように感じた。

吾輩ら鹿が、世界中に居るはずの仲間を思いやることはほとんど無い。毎日の心配は、その日一日の餌とねぐら確保だけになってしまう。だからこそ、余計なちょっかいを出しに他所へ出張って誰かと争ったりなどしない。人間達が争いたがるというのは、余裕がある証拠なのかもしれない。でも余裕があれば誰もが必ず争い出すということでもあるまい。柿ノ木寮生達の祈りの造形を見ていると、少しは人間達にも期待したい気分になるのであった。

第九話　思想の折り紙

実際にはたいしたことの無い出来事でも、この人物が語り出すといつしか大事件に聞こえてくる、という針小棒大な寮生が柿ノ木寮に時々出現する。ある時までは寡黙《かもく》な性格と思われていたのに、ある事を切っ掛けにして突如として饒舌《じょうぜつ》なスポーツ解説者のようになったりするわけだ。当人の失恋が切っ掛けとなり、他の寮生の果敢な恋のアタックを、まるで実況中継するように語り出したりする例もあった。でも、それぐらいなら、悔しさを動機にした八つ当たり的行動だと理解出来ないことも無い。

最もよく見られるのは、1回生の間はひたすら言動をセーブしていたのに、後輩が入寮して来て急に何でも知っている先輩風を吹かし始め、そのうちに話がどんどん過激になっていく例である。自分が新歓（新入生歓迎会）でどれだけ酒を浴びるように飲んだか、などの話が尾ひれはひれ付きで語られる。でもそうした話は、最初のうちは新入生も緊張気味に聞いてくれるが、そのうちすぐに飽きられてしまう。針小棒大を語り尽くすというのにも、じつはそれなりの技術が必要なのである。そして、その技巧派の一人に上村にいちゃんが居た。

ところで吾輩ら鹿にも、派手好きな奴は居る。大げさな展開が好きで、小川を飛び越えるだけなのに、まるでジャングルジムを飛び越すぐらいの高さでジャンプしたりする。そういうあざとい行動にみんなが呆《あき》れるかと思ったら、中には熱い視線を送る若い雌鹿も居るので、まぁ十鹿十色《じゅうろくといろ》なわけである。

上村にいちゃんが、どうして「にいちゃん」と呼ばれるようになったのか、今となっては定かで無い。ただ、人を惹き付ける話術の巧みさからか、いつも彼の周囲には人垣が出来ていた。話の中身はたいてい、身近な人物の他愛もない噂話だったが、時には現代社会の矛盾を鋭くえぐるような論評もあった。周りで聞く寮生達には、自分が話題にされる際には、少しでも好意的に取り上げられるようにと、無意識に上村評論に対する支持的な態度が生まれがちで、それがいつしか「にいちゃん」といった取りあえずの敬称になったのかもしれない。

そういえば上回生からも一目置かれていて、先輩らからもそう呼ばれていた。ある時、「上村にいちゃん、このところの就職難は何が原因だと思う」と卒業を控えた4回生が彼に聞いたことがあった。その時の彼の答えは、国内製造業大手の人件費抑制による海外拠点への生産力移転が過度になりすぎて、中小企業の系列化が弱まり、新たな受注先を確保出来ないまま手詰まり状態が続いており、求人需要が減少傾向だからだ、などと即答した。世界経済を背景にした予想外の説明に、その先輩は大いにたじろいだのであった。

吾輩ら鹿にとっての世界とは、生まれ出て歩き食べ回り夜には寝床となる範囲が、全てである。その先にも世界があるとは思うが、そこがどう自分達の暮らしに影響するのか不明で関心は乏しい。それでも特に問題にならない。人間も長いこと地域で生きていたはずなのだが、今は地域よりも遠くばかりを見ているように思える。

一方で、多くを語るわけでは無いのに、何かの悩み事をかかえ込んだ寮生が引かれるように訪ねて来る、という思索の人も柿ノ木寮には居た。ある寮生は、専門の必修授業なのにどうしても担当教授とそりが合わずに困り果てていた。勧める人が居て、彼は江端先輩の部屋を訪ねた。その時先輩は、分厚い全集本の一冊を読み進めていたところだったが、笑顔でその後輩を招じ入れた。

「そうか、そういう相性みたいなことは、確かにあるよね」と、先輩は相談事を聞き終わってから独り言のようにつぶやいた。恐縮する後輩に、インスタントコーヒーを勧め、砂糖の数まで聞いてスプーンで入れた。そして、妙な問いを後輩に発した。「1ヶ月後の君も、コーヒーに2杯の砂糖を入れてると思うかい?」

これは意表を突く質問と言えた。実際、聞かれた後輩はしばらくの間、答えあぐねて戸惑い顔のままだった。その質問の意図は一体何か。さっきの相談内容と関係があるのか。単純に個人の嗜好《しこう》への興味なのか。こうして相手を驚かせて、その動転した様子を楽しむという手合いが、吾輩ら鹿の中にも居る。何でも無い場所で急に跳び上がって大げさに倒れ込む仕草を見せたりする。蛇にでも噛まれたかと注目する周囲に、その鹿は口元を少しゆがませて立ち、そして何事も無かったように糞を垂れたりするのだ。

江端先輩は独り言のように続けて、「1週間後の事であっても、人は自分を予言出来ないんだよな」と言った。

「後の君が今の君でないと言っても、君が君でなくなるわけでは無い」と、江端先輩は話を継いだ。「君は君でありながら君でない存在でもある、ということは、その授業の教授について今、君が思っていることは、じつは教授のことでは無いのかもしれない。ということであるはずなのに、君は最初から教授のことだと思い込んでいるわけだ。でも、あるものが、あるものであるのは、あるものがあるものでは無いからである」。

出されたコーヒーに手を付けるタイミングを失い、後輩はこたつを挟んで熱弁をふるう江端先輩を呆然の態で見ていた。ちらりと奥の机に目をやると、そこに広げられた分厚い本の背表紙には鈴木大拙の名前が見て取れた。先輩は、哲学や仏教に関心を持っているんですね、とようやく後輩が声に出せたのは、先輩の長広舌《ちょうこうぜつ》が終わるまで十数分もかかった後のことであった。

禅問答風の会話をおもしろがる連中が、柿ノ木寮には常に一定数生息していた。ある寮生は、人気の無い深山で木が倒れた時、そこに音はあるか、という禅の公案らしき問いを考え続けていた。吾輩ら鹿にすれば、人が居ようと居なかろうと音は音だとしか思えない。人間はやはり人間であることに拘《こだわ》りがあると見える。人間が人間であるのは人間では無いからだ、とは考えないようだ。まだまだ修行してもらわねばなるまい。

江端先輩は後輩を励ますつもりだったのだが、後輩は「先輩を応援します」と言い残して部屋を出て行った。

霊的な直観について語るなら、たぶん江端先輩よりも話題豊富に語れる人物は、柿ノ木寮に何名か居たことだろう。ある寮生は、自分の体験談として毎夜のごとく勉強中に部屋の窓に鬼火がぶつかってくる話をした。彼の自宅はお寺に隣接していて、彼の部屋はちょうど墓地に面していたと、話は続いていた。火の玉が窓硝子にぶつかり通り抜けるなどは当たり前のことだ、と特別な気負いもなく淡々と語るので、聞く方も淡々と受け止めるしかなかった。

一方で、合理的に説明出来ることで世の中を理解しよう、という寮生も多かったから、両者の主張は時にぶつかり合うようにも思えた。しかし、実際にはそんなことにはならなかった。それは柿ノ木寮では常に予想外のことが起こるからだ。合理的な推論も、霊的な直観も、いつもたいてい予想を外した。とすれば、何もいがみ合う必要は無かったのである。

日本的な霊性について学ぼうとしていた江端先輩だったが、対立する意見の寮生は、居なかった。込み入った話を人に聞かせたがるわけでも無い。南無阿弥陀仏を唱えるわけでも無い。一人端座《たんざ》し思想と格闘する姿が、他の寮生達には貴重な刺激だった。寮生は、江端先輩のおかげで天と地のあることを実感出来ていたのだ。

吾輩ら鹿は常に地と共に在る。命をつなぐつては大地にある。だから地を忘れることは無いが、天を仰ぐことはほとんど無い。正確に言うと、天を仰ぎ見る鹿に出会ったことは無い。その点では、人間の思念の深さに敬意を表したいと思う。しかし、最近の人間が天と地に感応しているかどうかは怪しい。極めて怪しい。だから、地と共感し合う吾輩ら鹿から、人間に教えを垂れなければならないんだろうな、と最近は責任を感じている。

第十話　一目のおかず

日本列島の真ん中辺り、かつては都として繁栄を誇った地に柿ノ木寮はある。昔なら庸や調が運ばれて来た全国からの道筋を、今は各地の学生がたどって大学に来る。遠方の者の中には柿ノ木寮へ入寮する者も居る。そのまま居続けられるかどうかは、その寮生の蛮勇さにかかっている、というのが長年にわたって寮生を見てきた吾輩の見立てである。吾輩ら鹿にしても、先祖をたどると鹿島からの神様を背中に乗せてやって来た謂《い》われを持つ。まぁよそ者とも言えそうだが、既に千年も時を経た昔話だ。

そうした全国各地に出身地が分かれるので、交わされる言葉や、ちょっとした所作の違いで、小さな勘違いや大きな誤解も生じたりする。北海道から来たという寮生が、「ごみを投げるのはあそこですか?」と先輩に聞いた時には、その先輩が「投げてどうする、ほかさなあかんやろ」と怒って返答した。北海道でゴミ捨ては「投げる」だし、関西圏では「ほかす」だ。こんな行き違いは可愛いものだが、時には双方に結構大きなダメージが残る出来事も起こる。

季節で言うなら秋頃。田畑での収穫が盛りになる頃、寮には郷里からの荷物が集まる。親元からの心づくしである。懐かしい味付けの郷土料理がパックされて届けられたり、その材料になる野菜や穀物が大きな段ボール箱に入れられて届いたりする。東北出身の寮生に届いたのは新米だった。それは、寮内に羨望《せんぼう》の旋風を巻き起こした。

さすがに米どころ、炊く前の米粒に気品が感じられた。新入寮生宛に送られて来た米を、同室者と一緒に開ける場面で、それぞれがため息をついた。自家精米だという米には、表面に艶があり、一粒一粒に確かな質感があった。手に取ると、しっとりとした湿り気が感じられ、あたかも息づいているような瑞々《みずみず》しさなのだ。こんなお米を食べたら、どんな味がするのだろうか、とその場に居合わせた寮生達は想像を膨らませた。

ところが誰も炊飯器を持って居なかった。それはある意味当然で、寮食が提供される柿ノ木寮で暮らす限り、自炊を本格的に考える必要は無い。大学の休み期間中は寮食が無いので、その間を自炊でしのぐ連中は居る。やたらに自炊に凝る寮生も、時に現れる。しかし、多くの寮生は外食や家庭教師先で出される食事や買い食いで済ませる。だから炊飯器を持たない寮生の方が多いはずだ。鍋があればご飯が炊けるのに、と隣室や仲良しの部屋を訪ねて回った。厚手で少し大きめの鍋を探すのだが、何に使うかは誤魔化すことにした。まずは同室者で秘密の晩餐会を開きたかったからだ。

吾輩ら鹿の中にも、やたらに秘密好きの連中が居る。だから、こうした寮生達のささやかな隠密行動は、充分に理解出来る。でもたいていの秘密は、すぐに露見する。それはなぜかと言うと、秘密にしておいたはずの当事者が自ら語り出すからだ。大好物の柔らかい葉っぱの木を、結局その鹿は誰かに教えたくなってしまう。では、その秘密の晩餐会は、秘密のままでいられたのであろうか。


部屋回りを続けて、ついに厚手の鍋を手に入れた。今度はどこで米を炊くかだ。当然、自炊室のコンロが考えられたが、その鍋を貸した寮生というのがワンダーフォーゲルの部員で、鍋だけじゃなく山用のコンロも貸してやろうと、部屋を訪ねて来た。無碍《むげ》に断ることも出来ずに、新米味見の秘密グループメンバーに招じ入れることになった。さすがに部屋の中では危ないだろうと北寮と南寮をつなぐ平屋部分の外に場所を決めた。自転車置き場にも近いその場所は、ブロックが敷き詰められて飛び火の心配は無さそうだった。

洗い終えた米の入った鍋と携帯コンロを手にした一団が、人目をはばかるようにブロックスペースに集合した。つるべ落としの秋の日は早い。既にあたりは暗くなり出していたが、新米を味わえることに比べたらささいな問題である。ワンゲル熟達の技に見ほれながら、ぐつぐつ言い出した鍋の音にメンバーは耳を傾けていた。ささやきの小径《こみち》の方で鹿の声がした。吾輩ら鹿にも、その鍋の音は聞こえていたのだった。

炊き上がりが近くなって音は弱まり、次に香しい匂いがし出した。秘密だったはずの炊さんは、あっと言う間に柿ノ木寮の隅々まで知れ渡った。既に食堂で寮食を食べ終わって来た寮生も、空腹を感じるぐらいのよい匂いだった。吾輩ら鹿には、その香しさがピンと来ないが、寮生には直接お腹に響くらしかった。ワンゲル飯炊き名人が頃合いを見計らって、さっと鍋をひっくり返して蒸らすぞと言った。ああ、鍋の蓋《ふた》がつるりと滑ってしまった。

悪気が無いからと言って、結果の過酷さが手加減されるわけでは無い。世の常とは、そんなものだ。善意で引き受けた飯炊き手伝いだったが、ご飯を蒸らそうとした際のうっかりが、その場の一同を奈落に突き落とした。地面にぶちまけられたご飯は、ブロック敷きの地面に小山を作った。茫然《ぼうぜん》自失《じしつ》で空気が固まった中、ひとり新人君だけが実家から届いた米への責任を果たすべくせっせとご飯をかき集めていた。

表面には確かに砂が付いてしまったが、塊状になった内側は、つやつやのご飯だった。ワンゲル飯炊き名人がひたすら謝り続けていたが、新人君は少しも怒っていないことを伝えた。部屋の上級生らも、落胆は大きかったのだが、立ち直りは早かった。この炊きたての匂いだけでも充分に鑑賞に値する、と一人の先輩が言い、他のみんなも、そうだそうだと同意した。その中の一人は、まだ食べられる所はあるはずだから、食堂に持って行って、そこで選り分けながら食べよう、と声を掛けた。そうだそうだ、の声が高まった。

吾輩ら鹿にすれば、砂混じりぐらい何でも無いことなのである。木についた葉っぱをむしり取って食べる時以外、地面の餌を食べる時はたいてい邪魔な土や砂も一緒に口に入って来る。で、余分な物は後でペッと吐き出す。人間も、かつてはそれぐらいやっていたはずだ。それなのに、最近は柿ノ木寮生でさえも、混じり物を気にするようになってしまった。嘆かわしいことだが、時の流れとはそんなものなのだろう。で、集められたご飯は、食堂に運ばれて行った。同室者と野次馬連も食堂へ移動して行ったのだが……。

五、六人がどやどやと食堂に入って来た時、ちょうど二人の寮生が夕食の最中だった。彼らは少し遠慮がちに、そそくさと食事を済ませようとしたが、米炊き団から呼び止められて、一緒に炊きたて新米の味見を誘われた。喜んで参加します、と答えた二人を交えて、新米味見会は厳かに始まった。

表面に部分的に砂が付着した鍋一個分のご飯の固まりが、一同の前に置かれた。3回生の尾長君があいさつに立った。ご飯とは有り難いものである。人の命をつないでくれる。それだけでも感謝しきれない自然の恵みなのだが、ここには故郷からの愛情がこもったご飯がある。この釜田君のご実家の農家から直送されたお米を、彼は我々に振る舞ってくれた。その善意と、飯炊きを買って出てくれた水口君の善意も込められている。私らは、最大限の感謝の念をもって、ご飯をいただくことにしよう。いただきます。

ご飯の山から少しほじくり出し、噛む。むしゃむしゃむしゃ。信じられないような甘みが口中に広がる。唾液と涙があふれ出そうだ。その後に勢いよく寮食のご飯をかき込む。その繰返しだ。砂を避けながらの少しの新米。そしてすぐさまかき込む寮ご飯。その時、新米はおかずになっていた。

柿ノ木寮の寮食用に、どんな米が使われているのか、吾輩ら鹿にはよく分からない。しかし、この時の寮生達の姿を見て、吾輩らは人間の想像力を思った。彼らが食べていたのは、新米に託したそれぞれの家庭の味だったのではないかと。

炊きたて新米をおかずに寮のご飯食べる、という儀式は厳《おごそ》かに進められた。終わりかけ近くには、砂まみれの米粒が数えられるぐらいとなった。「これ、今から洗って来ます」と、居残って一緒に儀式に参加していた二人の寮生が立ち上がった。食堂棟の厨房へはドアが施錠され、目の前の流し台は使えない。二人は道路を挟んだ向こう側にある自炊室の流し場まで行くつもりだったのだ。実家からの米を提供した新人君が、自分が行きます、と立ち上がりかけたが、二人はさっと出て行った。それは、彼らなりの恩義への返礼だったに違いない。

食堂に残った飯炊き団は、口々に新米の味を称え、提供者の新人君に感謝の意を伝えた。爽やかなバイオリンの旋律になぞらえて、そのおいしさを形容した音楽科の寮生が居た。この味で蓄えられたエネルギーなら、得意種目の１５００ｍ走でぶっちぎりの優勝が出来そうだと陸上競技部の選手が言った。是非とも短歌に詠み込みたいと、すぐに呻吟《しんぎん》し出した国文専攻の寮生も居た。みんなが、この体験の意味を考えた。清められた後のご飯を、一箸ずつ彼らが口にして儀式は終わった。新人君は郷里に送った手紙で、この顛末《てんまつ》を「神事」と報告していた。

吾輩ら鹿にも、単なる餌さがしではなく、何か神聖な思いで葉っぱを食べる一瞬がある。特別な気配を感じさせる風景がそうさせるのか、ある出来事の生起と結果という時間の流れが原因なのか、どうもよく分からない。しかしまあ、柿ノ木寮生達が感じた食べることへの感謝の念は、吾輩ら鹿のそれとも通じると思っている。

第十一話　方言平気の卵

沖縄出身の新人君、初めて体験する冬に向かう時期に、Tシャツを何枚も重ね着しているのに同室の先輩が気付いた。翌日、急かすように先輩は、その新人君を商店街のスーパーに連れて行った。そこで初めて見る防寒グッズの数々に、沖縄の彼は、大いなる安堵のため息をついた。こうした発見の場が無ければ、彼は半袖と半ズボンの重ね着だけで一冬を過ごすつもりでいたのだ。それは肘から先と膝から下の無防備を意味し、寒風の時期をぺらぺらのジャンパーと長ズボンでしのごうという無謀な決意に向かわせていた。

柿ノ木寮には全国各地からの入寮生が集まっていた。だから、このような独り合点での悲愴な決意で凝り固まった寮生もよく現れた。北海道出身のある寮生は、夏の暑い盛りでも毛糸で編んだ帽子を手放さなかったが、それは日差しを避けるために帽子は必須の防御策だと思い込んでいたからだ。でも、お節介好きの寮生がメッシュの野球帽があると教えてやったら、あっさり取り替えた。単純に、便利な物を知らなかっただけなのだ。

それは言葉の面にも見られた。各地の方言が方言の自覚の無いままに使われて、聞いた側が別な意味に受け取って、後にその齟齬《そご》が発覚するという形で出来《しゅったい》した。こうした行き違いの妙は、吾輩ら鹿にすると実感しにくい。なぜかというと、吾輩らは、言語に頼らないコミュニケーションを得意としているからだ。でも、似たようなことはある。鹿同士の身振りにも多少の方言的差違はあるからだ。まぁ柿ノ木寮生ほどの差違では無いのであるが。

ある部屋で、一人の先輩がやっと書き上げたレポートのページが一枚分足りないと、大騒ぎになっていた。同室の1回生が、ゴミ箱の中身はどこにいった、と先輩から聞かれた。ああ、さっき山田君が投げてきたところです、とその新人君が答えたのだが、この「投げた」が問題になった。先輩としては、ゴミ箱の中に自分の探し物が紛れ込んだかもしれないと焦っていたのだが、「ゴミを投げる」という表現に引っかかってしまった。だってゴミは投げるものじゃなく捨てるものだろう。先輩は、「ちゃんと、ほかさなあかんやろ」と声を荒げて言った。

ここでの問題は、北海道方言で「ゴミ投げ」が「ゴミ捨て」を意味しているが、それが関西弁では「ほかす」になるという点にあった。先輩から「ほかす」と言われても、北海道の新人君はすぐには理解出来なかった。自分が非難されていると感じられたので、謝ることにした。「はい気を付けます。これからは、ゴミはとかすようにします」と、緊張して答えた。「ほかす」の発音を聞き取れずに、意味から考えて「とかす」だと思ったのである。先輩は、「とかす」と「ほかす」は違うと言いたかったが、自分にはレポートの方が重要だと思い直し、そこはやり過ごした。「早うレポート探さな」と先輩は飛び出して行った。探さなければいけない、の意味だったのだから新人君は先輩を手伝って辺りを探すべきだったのだが、「探さな」を「探すな」という禁止の意味にとった。おかげで薄情な奴と先輩に思われるようになってしまった。

吾輩ら鹿にも、こんな行き違いはある。悪意など少しも無くても、双方が傷付く結果になることがある。言葉に頼って生きる人間はより苦労するだろう。吾輩ら鹿としては、憐憫《れんびん》の思いを禁じ得ないのである。

また別な話になるが、京都府の日本海寄りの町からやって来ていた一人は、よく「ぬくい」を好んで使っていた。その意味の基本的な理解は柿ノ木寮内で共通して、「暖かい」というものだった。しかし、その彼は、とてもじゃないが暖かいなんて生易しい状況でない、まるで真夏の炎天下、急勾配の坂道を自転車の立ち漕ぎで登っていくような状況でも、ぬくいを連発していた。したたる汗をぬぐいながら彼が、「今日はぬくいなぁ」を連発するのを聞いて、周りの者達は、状況の過酷さに不釣り合いな言葉の柔らかさに困惑の表情を返すのであった。

そうした語法は、その違和感の強烈さ故にか、誰もが面白がって使いたがるようになる。ある時期、柿ノ木寮生がこぞって、「ぬくい」を口にするようになり、キャンパス内にもその影響が波及していった。中にはどうしても強烈な暑さをその語感に込めたくて、「ぬっくい」と発音し語頭に強勢アクセント持ってくる者も居たが、それは邪道と見なされ敬遠された。あくまでも、状況と語感のミスマッチに身を委ねることが推奨されたのである。

そのうちに「ぬくい」は、気温などの気象に関する意味を飛び越え、いつしか人間関係をも表現する万能語になってしまった。例えば、「あいつはいつの間にあの娘とぬくなってたんや」などと使われ出した。話す側と聞く側に共通の理解が無くても、気分は共有された。これは、吾輩ら鹿にはとうてい理解出来ない、柿ノ木寮生による蛮勇文化であった。気分を流通させるだけなら、吾輩らがするように共感ジャンプをすればよいのに、と思う。

鹿のジャンプに、どれほどの意味が込められているのか、多くの人は気付きもしない。気付かないどころか、鹿がジャンプした現場に居たとしても、気にも留めない。生き物なんだからジャンプぐらいするだろう、と無関心なのか、ジャンプしたところで世界は変わらないと、無気力なのか、いささかの反応も見せないのが普通だ。それは明らかに、吾輩ら鹿に対する侮蔑《ぶべつ》である。人間が鹿からのメッセージに真摯に向き合っていない証拠なのだ。

こうした文化的動物学的生態学分野の話題に、柿ノ木寮生が関心を持つようには思えなかった。ところが、中にはデリカシーのある寮生も居るらしく、ある時の吾輩のジャンプにいたく感動してくれた。これまでも、鹿がどういう時にジャンプするのかについては何回か語ったことがあった。子鹿の話もした。派手好きな奴の話もした。だがこの時の吾輩のジャンプは、月を眺めるためだった。柿ノ木寮のコンクリート塀の向こう側に月が昇ったと気付いた吾輩は、その場で跳び上がった。それは、いささか奇妙な動き方だったかもしれない。

同じ場所で何度も跳びはねる鹿を見て、山瀬君は何かひらめくことがあった。彼の郷里では「しかまね」という言葉があって、猿まね以上にポピュラーだった。その意味は、鹿が何かを招くということで、猿をからかう言い方よりも、理解するには想像力が必要とされた。山瀬君は何かひらめいたのか、スコップを探し出して寮の中庭を掘り返し出したのであった。

山瀬君の奇矯《ききょう》な行動に、さすがの柿ノ木寮生達も注目した。寮内では、場所も時間もわきまえない気ままな行動がよく見られるので、たいていのことに寮生は免疫が出来ていた。それでもこの時、山瀬君が自分の居室で見付けられなかったスコップを探しに隣近所の部屋を「しかまねだから何かある」って言いながら巡っていたので、多くの寮生が「しかまね」のとりこになっていた。「しかまね」が何であるかという疑問と、「しかまね」がもしかしてあれだったとしたら一体どんな結果になるのか、という何×何が累乗になって興味が転がって雪だるまのように大きくなっていた。

キャンプ用の折りたたみスコップも動員された。集まった数名の中には、ドカヘルをかぶりつるはしまで振るう者も混じっていた。寮役員も放ってはおけずに、事情を確かめにやって来た。山瀬君に質問したが、彼の答えは「しかまねなんだから仕方ないだろう」と素っ気なかった。寮の中庭の東南の角に直径1・5ｍほどの穴が掘られた。吾輩がジャンプしていた場所であった。そこからは、南寮の庇《ひさし》が邪魔になって、既に月は見えなくなっていた。

穴からは何も出なかった。それはそうであろう。月を見ようと跳びはねただけの場所なのだ。それも、半時間ほどの間に月は動いて、今は月が見える場所でも無くなった。吾輩ら鹿に確かめるのでもなければ、その場所の意味は分からないままだ。穴は埋め戻されることになった。その時、山瀬君は何かを見つけた。

それは夜目にも白く冷たさを感じさせる欠片《かけら》だった。山瀬君の手のひらに載っかって、ぼんやり光るように見えたそれは、何かの骨らしかった。もっと見つかるかも知れない、と掘り進めようとした数人の手を、役員が止めた。その欠片も一緒に埋め戻そうと彼は言った。ここらには鹿の骨が埋まっていても何の不思議は無い、と彼は続けた。戦後の食糧難時代、柿ノ木寮で鹿鍋をしたらしいとの言い伝えがあることを彼は説明した。その場の一同は急に押し黙ってしまい、山瀬君の手元に目を落とした。

吾輩ら鹿にも、柿ノ木寮の鹿鍋の噂話は伝わっている。今となっては確かめようも無い。人間達が食うや食わずの日々を過ごす中、何かの事故で死んだ鹿が食料になることはあっただろう。それは非難に値するが、そうした個別例の責任追及で問題が解決するものでも無い。どうして国民の多くが飢餓状態に陥れられたのかの根本原因を、見極める必要がある。その大本の誤った戦争推進こそが追及されるべき問題なのだ。でも日本の社会は、そうした反省には向かわずに、穴を掘って埋めるように土をかぶせた。意識の底に埋めてしまった。同じことが柿ノ木寮でも行われていたのだ。

後日の話であるが、山瀬君は月夜には例の東南角に出向き、昇る月を見上げるようになった。吾輩も近くで見上げることもあるので、二つの陰が並ぶことになった。鹿が人の真似をしているのか、人が鹿の真似をしているのか判別は付かない。鹿も人も、見えないものを抱えて生きていかざるを得ない。月はそれをひと時思い起こさせるのであった。

方言平気の卵

第十二話　文学は楽し

　例年、寒い時期になりかかると文化部の寮役員は忙しくなる。柿ノ木寮機関誌「松籟《しょうらい》」の発行準備が始まるからだ。まずは寮生会議に議題として出す計画が立案される。会議ではいつも決まって、「そんな労力をかけて冊子を作っても、誰も読まないんだから無駄じゃないか」などの意見が出る。すると、「読む人のために機関誌があるとは限らない。書く人のための機関誌であっても、何ら問題は無いのだ」と反論が出る。「その書く人は決まっていて、一部の人のために労力や印刷代を費やすのが問題なのだ」とさらなる批判が出たりする。結論は持ち越されたりするのだが、最後の最後は、「ここまで議論になったのだから、たくさんの原稿が集まることは必定《ひつじょう》である」などと締めくくられて機関誌発行は議決されるのであった。

　文化部からは、年末大晦日までの原稿提出が告知された。柿ノ木寮の役員改選は年2回。春の選挙までに編集製本が完了していなければならない。文化部員は、だからいつも追い立てられている気分なのだ。原稿の集まりが良ければ、それだけで仕事の半分は終わったようなものだ。しかし、なかなかそうならないことが多い。

吾輩ら鹿にも、時間にやたら几帳面な鹿も居れば、のんびりし過ぎでルーズな鹿も居る。そうしたバラツキが結局、鹿という種の保存に役立っているのだ。だから、多少の実害があっても、いろんなタイプが居ることは当たり前だと思っている。ところが寮生の中には、自分と違う振る舞いは許せない、という偏狭に凝り固まった奴も居たりするのだ。


北九州出身の鴨堀君は、第一印象は温厚な好青年に見えた。確かに人当たりが良い上に甘いマスクは、女子に追いかけられるほどだった。好人物であることに間違いは無いのだが、柿ノ木寮での生活場面では、度を越した潔癖さに寮生達は気付いていた。例えば食堂での話。彼はマイ箸だけではなく、マイ椀も持参して食事をしていた。何をそこまで気にするのかと、友人から問われた鴨堀君は、寮の食器が汚いとかじゃなくて、自分の食べた痕跡《こんせき》が見苦しく残るのに耐えられないのだ、と説明した。

食べるという行為は、どことなく恥ずかしさを感じさせる。吾輩ら鹿の中にも、近くに別な鹿が居ると隠すように身体をねじる奴がいる。かと思うと、草を噛みちぎる音を嫌がり、木の葉だけを食べる奴も居たりする。何が気になるのかの違いは、各鹿各様なのだ。だから、とやかく言っても始まらないことではある。鴨堀君が感じる、食べ終わった器に残る自己存在の痕跡への嫌悪を、誰も咎《とが》め立てることは出来ないわけである。
そういう鴨堀君であったので、これまで「松籟」には何も書いて来なかった。軽々に自分の文章を書き残すなどというのは、彼からすれば噴飯ものだったわけだ。ところが、彼が原稿を書いて文化部に提出したので、寮内はいささか騒然とした雰囲気になった。しかもそれがポルノまがいだったので、うわさ話は妙に寮生の間で想像を生み、淫靡《いんび》なピンク色に膨らんでいった。その話に、純文学青年の白瀬先輩が目を剥《む》いたのは当然であった。

中部地方の東海道線沿い、米農家の長男である白瀬先輩は文学青年ではなく、また純朴青年でもなく、自らを純文学青年と呼んでいた。世の中にある下卑た駄文や詰まらぬ雑文を目の仇《かたき》とばかりに切って捨てるのを、天から与えられた自分の使命だと感得していた。これまでに彼が切り捨てたのは、お土産の菓子箱によく入っている能書きだった。そこに書かれる、創業者がどうしたとか、原材料の何とかをこうやって加工したとかは、単なる自慢話に過ぎないと断じ、消費者にとって有益な文章だけを読ませるべきだと主張していた。ある時は、その菓子会社に手紙を送り、訂正を促し、彼が書いた美文調の能書き例文を添えたりした。しかし残念ながら、その成果は未だ見られず、くだんの菓子折には依然として創業者の人徳が語られ続けているのであった。

鴨堀君の原稿に誅《ちゅう》すべき駄文の匂いを嗅ぎ付けて、白瀬先輩は文化部の部屋を訪ねた。当時の文化部員は3回生と2回生が一人ずつで、4回生の白瀬先輩から問い質《ただ》されると突っぱねるわけにもいかず、とうとう編集前の原稿を見せてしまった。先輩は激怒した。必ず、かの邪淫暴戻《じゃいんぼうれい》の文を除かなければならぬと決意した。

吾輩ら鹿にとって、文学などという高尚すぎる論題は正直言ってどうでもよい。しかし人間の、しかも一部の高踏ぶる人々には、どうにもゆるがせに出来ないことらしい。吾輩とて、東山に月が昇れば見上げてそれを愛でるぐらいの酔狂さはある。しかし、誰かの文章を許せないと談判するまでの熱意は持っていない。

問題となった文章は、純文学ポルノとの惹起に添えて曲線の描かれたイラスト入りの表紙から始まっていた。どこが純文学なのか、何がポルノグラフィなのか、と白瀬先輩は憤った。こんな物を伝統ある柿ノ木寮機関誌「松籟」に載せるなどもってのほかである、と文化部員に詰め寄った。ところがここで、文化部員は踏みとどまった。白瀬先輩の怒りの抗議をそのまま受け入れたなら、新たに言論弾圧・強権支配などと問題が一挙に複雑化するに決まっているからだ。大混乱になる可能性について、文化部2回生の木津谷君が縷々《るる》説明した。

白瀬先輩も、自分が強引に原稿を見た事が後になって検閲だと非難されるかもしれない、とは自覚していた。確かに逆の立場になって考えれば、原稿に難癖付けられて掲載が見送られれば、文句を付けるだろうと思えた。そこに文化部3回生の木口君が追い打ちをかけた。「先輩ほどの筆力があれば、こうした分野でも傑作を仕上げられるのとちゃいますか」と。白瀬先輩の創作意欲が発火した瞬間であった。

その後の展開は予想を超えるものとなった。鴨堀君が書いたのが純文学ポルノであるなら、それに対抗しようと白瀬先輩が書き始めたのは純粋破廉恥文学であった。表面上の流れるような五七調の文体に隠されて、奔放な性の冒険が折り込まれていた。少なくとも、書いた本人はそう信じ込んでいた。吾輩ら鹿にも、他の多くの寮生にも、その含意を不足なく汲み取るには修行が足りなかったのではあったが。

鴨堀君の原稿が4ページ分だったのに対して、白瀬先輩の原稿は倍以上の10ページに及んでいた。ただ長いだけでなく、流麗な文体が対句のように続き、ここぞという見せ場では韻律が心地良く響いた。見せ場というのはつまりは濡れ場のことで、裸になった男女が様々な状況下で互いにリードして情愛の交換に励む様子が描かれていたのである。2ページ読み進むたびに登場人物は絡み合っていた。つまり5回、濡れ場があったわけである。

柿ノ木寮の機関誌「松籟」は、大学の学生課と付属図書館の援助を得て印刷製本していた。

この年の発行に関しては、図書館からのクレームが来ていると学生課の担当者が寮役員に連絡してきた。この内容で印刷製本することに抵抗感があると、直接の作業担当者が言っているとのことだった。誰が書いたどの原稿か、との名指しはなかったが役員はピンと来た。特に文化部の二人は長嘆息を漏らした。結局、実作業は文化部員と有志の協力メンバーが当たることとなり、やっとのことで松籟は発行にこぎ着けた。

吾輩ら鹿にすれば、このように意地を張り合うような人間の振る舞いは実に興味深い。エロい表現で精神性を描くのと、高尚な文学的修辞を駆使して濡れ場を書き連ねることの差がよく分からない。そんな無謀にエネルギーを浪費する暇があるなら、気になる娘に声を掛ける努力をすべきだと考えてしまう。でも一方では、寮生らも、この年代だからこそ、性のあり方に過剰な思い入れが出来るのだろう、と納得もした。何せ、鴨堀君も白瀬先輩も共に恋人いない歴20数年間の記録保持者でもあったのだから。

第十三話　むしあわせ

神域として永い歴史の時間を人の手から守られてきた森が、柿ノ木寮のすぐ隣にある。その森が、吾輩ら鹿のねぐらであり主な生活場所である。町中まで出向く鹿も居ることは居るが、多くの鹿は森の端までしか行かない。観光地に行くのは、観光客が多い日中に鹿煎餅をねだるためだ。日常的に人間との接点があるのは、この柿ノ木寮ぐらいなので、吾輩ら鹿にとっても貴重な場所であるのは確かなことだ。

森が近いことで、この寮内には様々な生き物が紛れ込んでくる。夏場の蚊は当たり前のことだし、鹿の耳にダニが多いのも既に知られたことだ。ここでは、ムカデの話をしてみようと思う。あの脚の数が異常に多い多足類と呼ばれる種類の生き物のことである。

ある時、ズボンに足を通そうとした寮生がこのムカデと何の前触れもなく出会うこととなった。彼が床のズボンを取り上げて片足を通したら、いつも通りで何も気になることは無かった。もう一方の足を通しかけた時、そのズボンの裾から何かがポトンと落ちた。落ちたその黒く長細い物は最初じっとしてたので、鉛筆か何かに思えたと後になってその寮生は証言している。その後、黒光りした長い物がもぞもぞと動き出したので、寮生は目を近付けた。初めてそれがムカデだと確認出来て、大音声の悲鳴となった。声を聞き付けた近くの寮生達が駆け付けて、そのムカデは栄養ドリンクのガラス瓶に捕獲された。それは寮内の衛生管理が問題化する端緒《たんしょ》となる出来事であった。

その寮生のズボンに何か特別な違いがあって、それがムカデを呼び込む原因になったのなら話は簡単であった。ところが、どこにも特徴的なものは無かった。当の寮生は興奮が収まらずに、これは寮内の衛生状況が悪いから害虫がはびこるのだ、と訴えた。駆け付けた近所の寮生達も、そうなのかもしれないと思うようになってきた。とにかく、この状況を厚生委員に伝えておかなければ、と衆議一致して栄養ドリンク瓶持参で厚生部屋を目指した。

その時の厚生委員は、仏の山室と呼ばれていた山室画伯であった。彼は、被害者の居室に出向いて現場検証まで済ませ、彼らの言い分を聞き取った。このまま衛生状態が悪化していくなら、もっと虫だらけになるだろうから、厚生部として対応を考えてほしいと一団は主張して去って行った。山室委員の手元には、まだモゾモゾ動くムカデが残された。目の前で瓶を揺すりながら、「お前達の住んでる所に人間が割り込んで来たせいで、ずいぶん苦労をかけてしまったなぁ」と画伯はつぶやいた。

こうした発想が出来る人は、そう多くない。自然と共に生活し続けて来ていた生き物が、お互いに住みやすさを調整しているところに、人間は自分達だけの生活範囲を設けてしまう。そこから他の生き物を追い出そうとする。それが当たり前だと思っている人間ばかりだから、山室的思考は貴重だ。吾輩ら鹿には大歓迎の思考だが、人間には難しい。柿ノ木寮生にも、受け入れにくいものになってきたように見える。残念なのだが。


次の寮生会議までは2週間ほどあった。厚生委員としては、それまでに衛生環境改善活動案を策定するか、あるいは実質的な虫排除行動で問題自体の沈静化を図るかを決めなければならなかった。柿ノ木寮内に、衛生状態を気にする寮生が生まれ出したことに、寮全体が向き合う時期になったのだと、改めて山室委員は感慨を深くしたのであった。

一方、厚生部屋で瓶詰めのムカデを見付けた須川先輩は、これに驚喜し自らムカデ酒造りを買って出た。というより、一人で勝手に始めてしまった。もう一人の厚生委員であった木田君が、須川先輩から「これは何かに使うのか」と聞かれたのに対して「ああ、うう」とあいまいに返事をしたのを都合良く解釈した須川先輩は、その瓶を持ち去り、中を水で満たし時間をかけてムカデに糞をさせた。内臓の中を空っぽにさせてから度数の高い焼酎を注ぎ込んで漬け込むという算段だ。

人間達のこうした野蛮さを見ると、吾輩ら鹿も時には我が身を心配することがある。マムシやムカデのように見た目が禍々《まがまが》しい生き物に、人は恐れと同時に畏敬《いけい》の念を持つらしい。人に災いをもたらす悪魔的な存在感が、逆に大きな力を想像させるのであろう。その力にあやかろうとして、〇〇酒と称するものは何種類も造られている。吾輩ら鹿も、いつしか人間に悪と見なされれば、鹿酒などにされるかもしれない、などと心配してしまうのである。


瓶詰めのムカデが、しだいにムカデ酒に成り変わっていくのに合わせて、柿ノ木寮内ではムカデハンターが出没し始めた。須川先輩の熱の入れようが、他の寮生に影響を及ぼし出したわけである。どれほどの効用があるのか誰も確証を持てずにいたが、その名前の攻撃的な響きだけでムカデ酒は、たいそう価値のある物と見なされてしまっていた。それはつまり、わざわざムカデをおびき寄せるような工夫を喚起した。

生物学の研究室に所属していた伊豆谷君は、こんな状況ですっかり人気者になっていた。多足類の好む環境を実現しようと、あらゆる知恵を要求された。彼は乞われるままに、室温や湿度、風通しや腐敗臭の程度など、工夫の仕方を多角的に提案した。そして、こうした風潮は、ムカデ嫌いの寮生からも好評だった。なにせ、ムカデの誘引部屋に近付きさえしなければ、自分の生活圏は無事だと信じられていたからだ。山室厚生委員にとり、願ってもない展開となった。害虫駆除に向いていた寮内の雰囲気が、ムカデ酒製造ブームに転換したからだ。

ちょっと前までの嫌われ者が、たいへんな人気者になっていた。吾輩ら鹿にすれば、同じムカデなのにどうしてこんなに扱いが変わるのか、と不思議で仕方が無い。人間が持つ金銭換算的価値判断が、こうした矛盾する態度の豹変に現れたということなのであろうか。生物の神秘や、自然の驚異などへの荘厳な畏れ、などでは無さそうなことだけは、吾輩にもよく分かった。ムカデ酒の出来上がりの頃に、それは実証されたのであった。

ムカデハンターによる捕獲作戦は、あまり芳《かんば》しい成果を見せなかった。伊豆谷君のアドバイスも奏効せず、ということなのか、追加で得られたのは一匹だけだった。それも小ぶりで華奢《きゃしゃ》な体付きで、最初の個体に比べると大いに見劣りした。その事実だけでも、新しいムカデ酒への期待感を萎縮させてしまった。

最初のムカデ酒は、とうとう2ヶ月ぐらいも漬け込んだことになった。いよいよ須川先輩が自分で試すことにした。かつて先輩が聞いたのは、飲んで精力増進、傷に付ければ治癒力アップという話だった。まずは一口、舐めるようにして飲み込んだ。ぐぐっと来た感じだ、とその場に居た山室厚生委員に語った。山室委員は、須川先輩がいつもたいていは精力満タンに見えていたので、どれだけの効き目なのか確かめようがなかった。先輩は傷口にも塗ろうとしたが、あいにくその場の誰もが怪我をしていなかった。

須川先輩はそれから寮内を巡って、精力が乏しく怪我をしている寮生を探した。しかし、そんな者は一人も居なかった。吾輩ら鹿から見ても、柿ノ木寮に居るのは、精力を無闇にみなぎらせ、傷口も舐めて治すような蛮人ばかりである。せっかく時間をかけたムカデ酒だったが、効用を実感出来ないままに、誰からも忘れ去られようとしていた。吾輩は、鹿用に使わせてくれれば有り難いのに、と思った。さらには、ムカデなどよりさらに禍々《まがまが》しい存在を焼酎漬けにした方が、より効き目があると思えた。それは、きっと柿ノ木酒と名付けられるはずである。

第十四話　放送禁止は禁止

柿ノ木寮内の一斉連絡は、各棟各階にあるスピーカーからの放送である。マイクは、北寮電話室にあった。寮長が寮生会議の招集をかけたり、厚生委員が灯油支給を案内したり、朝の味噌汁が貝だと知らせたりするなど、寮内放送はいろいろな用途に使われている。でも一番の使われ方は、寮にかかって来た電話の取り次ぎである。「○回生、○○君。電話」というぶっきらぼうな言い方が定着している。

この呼び出しを聞いて、寮生は大声で返事をしなければならない。返事が聞こえないままだと、今、居ないようです、と切られてしまう。一番遠い南寮東端の部屋であっても、大声で自分の存在を主張しない限り、電話で話せないことになるのだ。返事をしてからも急いで電話室まで行かないと、相手が公衆電話からだと時間切れになることもあった。中庭を横切り廊下を走って電話室を目指す足音は、寝ている者には耳障《ざわ》りなものである。

携帯電話などが出回る前は、どこでも似たようなことがあった。似たようでありながら、でもやはり少しずつ違っていることもあったのである。特に違っていたのは、かかって来た電話が女性からの場合の呼び出しであった。呼び出し方に、個性が見られたのである。吾輩ら鹿にも、その違いは感じられた。からかい半分うらやみ半分といった加減の比率が、微妙に変化した呼び出し方になっていた。ある時、それが問題化した。

「~回生誰々、電話ぁぁぁ」というのが、呼び出しの基本形であった。上回生にかかって来た電話の場合は、名前の後に「さん」が付き、「電話ですぅぅぅ」と変化していた。これを5秒程度の間隔で複数回繰り返す。返事があれば電話口に戻って、「もうすぐ来ます」などと取り次ぎの結果を報告する。時々は、この報告を端折《はしょ》る寮生も居た。そうなると電話を掛けた側は、話したい相手は居たのか、このまま待っていて良いのか、などとたいそう不安な気持ちにさせられる。全くもって理不尽で非道な仕打ちと言える。

この呼び出し放送は、よく外にも聞こえていた。特に夏場は、窓を開け放しているせいでほぼ筒抜けだ。近所の家では迷惑に思っていたはずである。ある時、柿ノ木寮の敷地内にあった昔の舎監先生の家から、苦情というかある注文が寮に伝わって来た。直接ではなく、担当の学生課を経由し寮役員に届けられた。なんでも、呼び出しの声を子どもが真似して困るので、音を絞ってもらうか、呼び出し方を変えてもらいたい、という趣旨であった。教育上の観点からの要望だったわけである。役員は、すぐに調べて善処すると約した。
さてその問題となる呼び出しとは何であったか。ある先輩が、後輩に電話を取り次ぐ際の呼び出し方のことであった。すなわち、「電話ぁぁぁ」の後にお○い○ぅと続けられていたのである。小さくつぶやく声であったから、それまで聞き流していた者がほとんどであった。しかしそのいたずら心は、寮生にすぐに蔓延し出した。

男子寮の仲間意識が高じた気安さからなのか、寮内放送でのおふざけはそれまでもあった。朝の寮食が、貝の味噌汁だと、誰かが放送で「かぁぁぁいぃぃぃ」などとつぶやいた。さすがに大きく「シジミの味噌汁です」などと放送すると、それは別な問題も引き起こした。ところが今回のように、お○い○ぅなどと呼び出しに付け加えられた一言が問題になったのは初めてであった。

関西圏で通用するこの女性器を意味する隠語は、県外生が多く起居する柿ノ木寮で、それほど羞恥心を呼び起こす言葉でも無かった。だから、聞き流していた寮生は多かった。しかし、寮の外にも聞こえてしまう放送で、この語はさすがにまずいのではないか、と寮役員は考えた。そうなると寮生会議の議題としなければならない。その議論の場で、この言葉が行き交う状況は、寮役員、特に芸術家肌の文化部員には耐えがたく感じられていた。

一方で、その淫靡《いんび》な訴求力は寮内に広まりつつあった。寮生にかかって来た電話が女性からだと、その取り次ぎ役が自分の出身地由来の隠語を付け加え始めたのだ。「○回生の○○君、電話ぁぁぁ、ん○っ○～」とか「○回生の○○く～ん、ん○ん○ぉぉぉ電話」などとバリエーションが増えたのである。吾輩ら鹿にしてみれば、これのどこがおもしろいのか皆目見当が付かないが、寮生にはその危ない橋を渡る感覚が、中毒になるようだった。しかし、ついに寮生からの改善要求が出された。それも下級生からだったのである。

自分達1回生が特に面白半分の対象にされている。彼らはそう主張した。放送するのが上回生だと、下級生をからかうように言葉を添えている。弱い者いじめに思える。電話の向こう側にも下品な呼び出しは聞こえるのだから、不快に思うはずである。現に、相手に嫌がられたこともあった。事態は一向に止む気配を見せない。これは、柿ノ木寮を支配する下劣な精神のせいなのではないか。ぜひとも、寮役員からの見解を聞かせてもらいたい、と1回生が別々のグループで複数回寮役員の部屋を訪ねたのであった。

文化的な問題として扱うべきなのか、はたまた、精神衛生上の健康問題として扱うべきなのか。つまり、文化部が受け持つのか厚生部が受け持つのか。とにかく役員内での議論は始まった。取り敢えず張り紙をしようか、と文化部員が提案した。いわく「電話の呼び出しは簡明を旨とし、余計な言葉を付け加えるべからず」とか何とかと掲示するというのであった。厚生部員の一人が、「余計な言葉」というのが曖昧だと言った。そのものずばり、○○と言うな、と書くべきだと言うのだ。件の文化部員は、それだと別な△△などを使い出す可能性がある。だから趣旨を示して概括的に書いた方が応用範囲として広いと主張した。

吾輩ら鹿にすれば、どうでも勝手にしろ、と思える議論であった。そもそも鹿には性器への特別視は無い。体のパーツは、それぞれが全て重要な価値を持っている。人間のそうした狭量な思考には、いつも情けなさを感じてしまう。

一枚の張り紙や一度の注意喚起で、この呼び出し付加語問題が解決するとは、寮役員も思ってはいなかった。それなら寮生会議の議題に取り上げ、そこで柿ノ木寮全体の議論を起こし、問題の大きさを確認すべきかというと、それも、気が滅入る選択であった。会議になれば、お○ぃこうぅや、ん○っ○ぅなどの言葉が行き交うことになるわけで、それは出来るだけ避けたいと寮役員達は思っていた。

すると江上寮長が、これは性器を意味する言葉自体の問題なのでは無くて、それを電話の呼び出しに付け加えることを面白がる幼稚性の問題なのではないか、と言った。確かにそうだ、と副寮長も文化部員も厚生部員もうなずいた。その幼稚性あるいは幼児性に加えて、上回生が下級生に向けて使うという一方向性が問題なのだ、と寮長は続けて言った。そうだそうだ、とうなずきも続いた。そうであるなら、言葉狩りのような対応をするよりも、その一方向性の方こそを問題にすべきではなかろうか、と。寮長発言は、議論に新しい地平を切り拓いた。

その後の展開は速かった。呼び出しの仕方は、誰に対しても同じようにすべきだ、と提起されることになった。つまり、上回生の呼び出しに際しても、下級生に言葉を付け加えたのなら同じようにせよ、というのである。「4回生の○○さん、電話で～す」に続けて、平等に「お○ぃ○ぅ」と付け加えるべしとなったのだ。吾輩ら鹿にも、その後の変化が大いに気になる寮役員の決定であった。

下級生が、上回生にかかってきた電話の呼び出しに、はたして○めぃ○ぅなどと付け加えられるものであろうか。いくら寮役員からのお達しがあったとしても、現実的には難しいことに思えた。しばらくの間、上回生の電話呼び出しに、聞き取りにくいつぶやき音が付け加わったりはしていた。そのうち、電話のベルが鳴っても、誰も電話を取らなくなった。面倒事を避けたがっていたのだ。

ある時の電話呼び出しが、そうした停滞状況をみごとに打ち破った。その当時2回生だった岡町君は、長老の一人、水滝さんにかかって来た電話で、こう呼び出した。「みぃたきさん、

みぃたきさん、電話でっせ。彼女さんが待ってはりますよ～。はよう電話に出なあきまへんで。もしかしたら、デートの誘いちゃいますか。なんか楽しそうでええけど、前の時みたいに、カッコ付けておごってばかりいたら、あきまへんで。割り勘にするとこは、きっちりそう言わんと、長続きしませんで～」などと延々としゃべり続けたのである。慌てて駆け付けた水滝さんは、電話の相手に詫《わ》びを言うところから、会話を始めなければならなかった。

それに続くように、電話の呼び出しは急にお喋りになりだした。呼び出しに対する応答は早くなった。そうしないと、放送で何を言われるか分からないからである。慌てすぎて階段を転げ落ちる例も二つや三つでは無かった。吾輩ら鹿も、その時の大きな音に、何度となく驚かされた。電話呼び出し放送は、文芸的に変化した。「電話ルネサンス」と呼ぶ寮生が居たとか居ないとか。詩や歌が放送から聞こえるようになったのだ。例えば……。

かくも香しきおみなごの弾む声の、わが耳元で軽やかに告げしは、日頃よりお世話になりたるかのみぃーたき先輩の名にこそあれ。われ電話口にて、密やかなる恋情に身をやつすやあはれ。かくのごと寮内放送に声を張り上げ、先輩の名を呼ぶは世の習いなれど、その奥なる胸の内に行方《ゆくえ》なき嫉妬の思い消しがたく、空しく見上げる蛍光灯の眩《まぶ》しさよ。さりとて激情のままに電話を切るは許されず。一人マイクを握りしめ、先輩の呼び出しを続けるのみ。ああ、みぃたき先輩の返事の声は聞こえども、電話室までの歩みの遅々たるをもって、かくもじりじりとわが心をいたぶりたる。やっとのこと足音の近付きし気配して……、とここまで柿ノ木寮の呼び出し放送が聞こえたが、そのすぐ後に、「わかった岡町、もう勘弁してくれ」という声が聞こえて放送は切れた。水滝先輩は、電話の相手に事情を何度も説明したが、なかなか理解してもらえなかったという。

その後、電話呼び出しは、事務的に徹することが暗黙に了解された。簡潔明瞭、余計な言葉は付け加えないようになったのだ。寮役員からのお達しよりも、過激な装飾呼び出しに寮生は恐れをなしたと言えた。そうした結果に加えて、電話が鳴ると誰もが岡町君よりも先に電話に出るようになった。岡町君のゲージツは現実を変えた。

吾輩ら鹿にも、岡町君の即興詩朗詠は少なからず衝撃であった。お○ぃ○うの氾濫に即興詩が反乱を起こした顛末《てんまつ》は、その後も鹿仲間では語り継がれている。野蛮と芸術が共存共栄する世界のことを、鹿なりに考えているというわけである。もちろん、答えはまだ出ていない。

鹿仲間に語り継がれている、戦後すぐに寮で起きた事件を述べる。

二　民主主義ビンタ

軍隊帰りが生徒として大勢、寮に戻って来た。復学者の年齢には幅があって、二十歳を超えた者も少なく無かった。数の多さと年齢の幅の原因は、戦争末期に徴兵年齢が下げられたせいもあったが、以前から師範学校の中途で軍に志願する者が居たからだ。少年の面立ちを残しながらも軍隊経験の長い者が復学して下級生になり、徴兵されて入営したがすぐに部隊解散となって戻った年下の者が上級生になったりした。彼らの多くは復員時の身なりのままだったので、麻の兵隊服のカーキ色や海軍の作業衣の煤けた白色が入り混じっていた。そのせいもあってか寮内は雑然としていた。とはいえ、その乱調さかげんは明るいものだった。なぜかというと、鉄拳制裁が「禁止」されたからだろう。

敗戦までも私的制裁は無いものとされていた。下級の者を私情で殴り付けるのは禁止であった。しかし上級生は私情を交えずに指導をし、そしてその指導はいつもたいてい行き過ぎてしまった。

結果としてビンタは、寮や学校の物陰で飛び交っていた。口実には事欠かない。あらゆることが不始末と見なされた。廊下の歩き方や声の出し方や敬礼の仕方や箸の上げ下げなど、以前は見過ごされていたことが、ある時から急に見咎《とが》められるようになったりもした。

下級生は前触れもなく突然始まる上級生のビンタを恐れた。そうした常に怯えている感覚は、国全体の雰囲気を反映したものでもあった。寮生活に陸軍の内務班を模した仕組みが取り入れられてからは、上級生は古年兵のごとく振る舞うようになり、気の向くままに制裁を科した。時代の荒《すさ》んだ気配が寮の外から押し寄せて来たようでもあったし、崩れかかった何かを必死にビンタで支えようとしていたようでもあった。

その制裁が戦争の終結で一挙に無くなったのだから、寮の空気は変わった。下級生は周りの目を気にしなくても良くなり、告げ口を警戒して始終おどおどする必要が無くなった。ある1回生はその変化のことを、「空気がおいしくなった」と表現した。それだけの変化が、ある日を境にして起こったのだ。しかも、どこかからの指示や命令があったわけでも無かった。ただ噂は広まっていた。市域東端の陸軍連隊跡地に進駐して来た占領軍が、旧来のあらゆる仕組みを民主的に変えるという話を、誰もが耳にしていた

＊

学業途中に志願して軍務の長かった能村は、復学後2学年に編入となった。同学年には復員者が多く居たが、その中でも彼の年齢が一番上だった。当人も周りもそのことを気にする風もなく、年下の級友達に交じって能村は再開された学校生活を楽しんでいた。ただ時々、彼の戦争中の体験談を聞きたがる連中が居たが、そうした話題をやんわりとそらす能村の様子を見て、やがて誰も聞かないようになった。でもそんなやり取りは珍しいことではなく、学校のどこでも見られたし、世の中にもありふれた出来事だった。

能村のそんな日々の中、夏休みを控えたある夕暮れ時に、彼は上級生の一人から呼び出しを受けた。見慣れないその3年生は、一緒に来るように彼を従え、二人して寮の敷地奥の食堂と風呂場の間まで歩いて行った。そこには二人の別な3年生が待っていた。兵隊服を着ている者はおらず、煤けていても学生服姿だった。

三人は黙って能村を見据えるようにしていたが、一人がゆっくりと口を開いて話し出した。

「じぶんは今、何才や」

聞かれた能村はしばらくの間、困ったような顔をしていたが大きくはっきりと答えた。

「はい、二十一です」

三人は互いに目を見合わせた。予想していた答えだったのだろうか、うなずくように首を振りつつ最初の男が、質問を続けた。

「ということは、志願してから四年の軍隊暮らしか」

「正確には四年半です」

「そうか、それはご苦労やったな」

「いえそんな、たいそうなことではありません」

能村の答え方が気になったのか、一人だけ帽子を目深に被ったままの男が、ぼそぼそとした話し方で問いかけた。

「無理してそんな話し方せんでもええんやで。もっと楽に話そうやないか。あんたはわしらより年上なんやし」

少しだけ笑い顔を見せた能村だったが、すぐにそれを引っ込めてからまた大きくはっきりと答えた。

「はい。でも上級生に対する答え方をしているだけです」

「それやったら逆に聞きたいんやけどな、今の1回生に口の利き方を知らん奴が多過ぎるのを、あんたはどう思うとるんや」

「はあ、でもまあ、自分はあんまり気にしたことはありません」

「そうか、お行儀のええ答えやな」

と、最初の男が皮肉めかして声を挟んだ。

「わしらはな、下級生の生意気な態度を許してはならん、と思うとるんや。そしてな、その原因を考えたら、あんたらのような軍隊帰りがちゃんとしてへんからやと思うとるんや」

帽子の男はそう言ってから、能村の反応を確かめるように間をおいた。しかし何の変化も無いので、ぼそぼそと話を続けた。能村の固い表情は少しも動かなかった。

「わしらが1回生の時は、先輩らの誰もが気合いを入れて指導してくれてはった。挙国一致だとか少国民錬成とかの使命感を、わしらに叩き込もうとしてくれてたわけや。あんたかて、その雰囲気はよう分かってるはずや。ところが今はどうや、戦争が終わったとなると、みんな自分のことだけで、周りの面倒をみようとせえへん。何でもかんでも人任せや。おかげで見てみい、今の1回生は勝手気ままなもんや。そう思わんか？」

最後の問いかけにも能村は黙っていた。三人目の眼鏡をかけた背の高い男も黙ったままだった。風呂場の壁に背中を預けて、男は下を向いたままじっと動かずにいた。

帽子の男が、続きの話を始めた。

「あんたが1回生に示しをつけへんのやったら、わしらが直接ビンタをとらなあかん、と思うとるんや」

能村の顔に表情が一瞬動き、話した男を見つめ、またすぐに元の遠い視線に戻った。

帽子の男は数名の名前を挙げて、特に態度の悪い連中やと吐き捨てるように言った。その中にあった水嶋という名前に能村の目がわずかに揺らいだ。その1回生の兄と彼は郷里に居た頃同級だったからだ。兄の消息を旧知の弟に聞いたことがあった。招集があって今も連絡が無いままだ、と知らされた。その時以来、その弟とは顔を合わす度に昔話を交わす仲になっていた。

「ほう、水嶋とは知り合いみたいやな。それじゃまず、最初はそいつから根性、叩き直しにかかるとするか」

帽子の男は隣の男にそうけしかけるように言った。

「あんたが自分でけじめつけるんやったら、わしらは口出しせえへんつもりや。軍隊帰りのとっておきのビンタ見せて、1回生に示しつけるか、それをせえへんのやったら、しゃあない、わしらが……」

「分かりました。自分に任せてください」

能村がそう言ったので、3回生達は安心したように互いに顔を見合わせた。そして重ねて約束させた。いい加減な指導ではなく徹底してやり切れと。

これまで口を開かなかった眼鏡の男が、話しかけて来た。

「あんた、通信兵だったいうのはほんまの話か」

能村が小さく頷いた。

「特攻機の監視役で最後の無電を受けていた、という話もほんまか」

また能村が頷いた。

「最後の一言に、みんなは何て言うてたんや」

他の二人も能村も、その問いに固まった。能村の無言がその場を圧していた。

「そら、答えにくいやろな。わいの叔父貴も特攻でな。もしかしたらあんたに最期を託したかもしれんなぁと、ふと思ったんや」

風呂の準備に台所から出て来た炊夫《すいふ》が、そこに居た人の気配に驚いた顔をした。四人の方をいぶかしそうに見てから風呂場の焚き口に向かって行った。四人は誰も何も言わぬまま、寮室の並ぶ二階建ての棟に戻って行った。辺りはすっかり日が落ちていた。

*

「現行の師範学校は、解体後に組み替えられて、新制度で初等中等教育の教員養成が行われる」と全国に通知されていた。生徒らの関心は、その新制度というのが大学における教師教育になる、という点よりも、それまであった生徒手当の支給や学費無料の仕組みがどうなるかに向いていた。学校では、教室でも廊下でも、どこでもその話ばかりが行き交っていた。

校舎の片隅で水嶋を見付け出した能村は、3回生からの要求を簡単に縮めて説明した。そして、今度何かの理由を付けてお前にビンタを張らねばならなくなったと告げた。それも大勢の見ている前で見せしめのようにだ、と申し訳なさそうに付け加えた。

「今になっても、そんなんで仕切ろうとする人らがおるんや」

と水嶋は、独り言のように言ってから、さらに続けた。

「自分は、能村さんにビンタ取られるんやったら、何も気にしません。好きなように張り倒してください。ただ、そんな命令をする奴らを、喜ばすだけなら癪《しゃく》に障《さわ》る気いがしますわ」

確かに、あいつらを喜ばせるだけのビンタは願い下げだな、と能村も頷いた。能村が水嶋に続きの話をした。

「そう言えば、三人の中の一人が、後でこんなことを言うてたのを思い出したわ。これからは民主主義ちゅうのを教えなあかんようになるって。でもそれをどう教えるか。何度言っても分からん奴が居れば、ビンタ張って体で教えるしかないやろうって」

「へぇ、民主主義もビンタで教えるんや」

「なんか、それは違うとは思うんやが、何がどう違うのか」

能村が腕組みして悩み出すと、隣で水嶋も考え込んだ。しばらく渋い顔をしていた水嶋が急に笑顔を見せ、そっと能村の耳に囁きかけた。能村は何度も頷き出した。水嶋は話し終えるまで、何度も辺りを気にして見回して、近くに人が居ないかを確かめた。

「よし、それで行こう。そうとなったら、練習出来る場所を探さなあかんな。寮の奥の食堂と風呂場の間の……」

その場所とは、能村が三人に呼び出されたあの隙間だった。

*

兵営を擬した寮生活が長く続いていたが、既に朝と夜の点呼は廃止されていた。一斉の消灯も無かったが、習慣化された就寝時刻は維持されていたので夜十時を回ると寮内は急に静かになった。

能村と水嶋の相談から数日後の就寝間際の頃、洗面所の廊下前で大声が響いた。能村が怒鳴った声だった。

「そんないい加減な敬礼があるか。ちゃんとやり直さんか」

水嶋の声が返事をする。面倒くさそうに聞こえる声だ。

「へえ分かりました。こんなんでどうですか」

「なんやと、きさま」

そのやり取りまでには、廊下にたくさんの顔が並んでいた。近い部屋の寮生だけではなく、遠くから様子を見に来た顔もあった。例の3回生の誰かも、そこに交じっていたはずだった。

「根性、叩き直したるわ。覚悟せい」

水嶋の胸ぐらを左手でぐいと引き寄せ、能村が右手を振り上げて一瞬止めた。驚いた顔付きで目を見開いた水嶋の顔。その左頬目がけて平手が振り下ろされ、踏ん張るように能村の左足が木の床をどんと大きく打った。

周囲の寮生が上げたどよめきと、吹っ飛んだ水嶋の体が床に倒れる音が呼応した。近くの何人かが水嶋に駆け寄り、助け起こそうとした。

「誰も動くな。そんなたいそうな倒れ方をせんでもええものを。自分で立ってさっさとやり直しをせんかい」

能村の剣幕に気圧されるように、誰もが身を引いた。よろよろと立ち上がった水嶋が、直立不動姿勢から能村に正対して無帽の敬礼をした。能村は小さく頷くように答礼を返し、無言に固まり二人を見つめる人垣を割るようにしてその場から去って行った。列の後ろには、あの時の3回生が二人並んでいたのだが、能村はそちらに視線を動かすことは無かった。

背の高い眼鏡の3回生が、横に立つもう一人の3回生に話しかけた。

「あいつ、うまいことやりおったな」

「何のことや」

「大げさにビンタをしたように見せて、あいつらは示し合わせて手が当たる前に一瞬早く吹っ飛ぶ真似をしたんや」

「真似をした?」

「そうや、足で鳴らした床の音で誤魔化してたけど、ビンタで頬を打つ音がせえへんかった。それが証拠や」

「よく気付けたな」

「何か仕掛けがあると、思うてたからな」

「でも、1回生らには効き目があったんとちゃうか」

近くの者同士でささやき合う姿があちこちで見えていた。人垣はばらばらに解け始めたが、多くの1回生は無言のままその場に立ちすくむようにしていた。

「そうだな。その点は、派手にやってくれたわ」

長身の3回生は、何度か頷《うなず》きながらそう返した。

＊

寮内発生の私的暴力事件として能村は学校側から取り調べを受けることになった。これまでなら問題視されるような事例では無かったのだが、学校側は、新制度への移行を意識して対応を公にした。それに加えて、1回生から暴力排除への要望があったからだ。人数は明かされなかったが、寮生活や学業を安心して達成出来るように学校が責任を持って暴力排除に動いてほしい、と連名の文書で要求が提出されたのだった。学校としては、民主的な手法を尊重する姿勢を見せる必要があったのである。

能村本人が呼び出されて話を聞かれたが、それと並行して他の寮生からの話も聞き取りが行われた。何人もの証言が、明らかな暴力行為があったことを示していた。当人も被害者も、その事実を認めていたのだから、学校としては何らかの処分を下さざるを得なかった。問題は、その程度だった。反省文、謹慎、自宅待機、学年留め置きなどが論議されたが、結論は出せなかった。この間まで なら何のお咎めも無かった程度のビンタの話だったのだから。

非公式のルートで進駐軍の民生担当官に民主的配慮の仕方についてお伺いが立てられた。もとよりそのような、お伺い的な仕組みに慣れていない担当官は、具体的な事情を明かさない問い合わせに対して極めて一般的な暴力否定の感想を漏らしたとのことだった。その漏れ出た発言内容がどのようなものだったか、実際に知る者はごく少数に限られていた。

学校側はお伺いの結果を最大限尊重する形で、能村に退学を勧告した。なるべくなら、自分から退学を選ぶように仕向けたのだったが、本人がそれを拒んだので結局は退学処分となった。

「あいつは、実際にはビンタをしてません。それは、実際にその場で見た自分がよく分かっています。だから、今回の退学処分は撤回すべきです」

事務室の生徒監督の係に、そう詰め寄る3回生が居た。あの背の高い眼鏡の生徒だった。係の職員は、もう既に決定が出ているし、第一本人がそれを受け入れているのだから、どうしようも無いだろう、と何回目かの理由説明を繰り返していた。

「でも、実際には相手の体に触ってもいないんですよ。それなのに何で退学にならなあかんのですか」

「周りで見ていた多くの寮生は、ビンタだったと言うてるし。1回生の中には、恐怖で夜も眠れないって声もあったぐらいやし」

「それは勘違いで、そう思いこんだせいです。実際には無かったことなのに、誤りだという指摘を無視して判断するのが民主的ってことなんですか。そんな命令を進駐軍がしているんですか」

進駐軍という言葉が出たことに、職員は慌て出した。このまま話が進めば、この生徒は進駐軍批判まで口にし出すかもしれない、と考えたのだろう。机の周りの他の事務員が自分を見ている様子を気にしながら、言葉を継いだ。

「民主的であるかどうかは、これからの我々みんなが決めていかなあかんことやと思う。誰かが命令して民主的になるわけやない。今回のことは、周りにはビンタに見えたことが重要なんや。だからその対応も、民主的に見えることを第一に考えなあかんのや」

3回生は口ごもった。見えるだけなら、確かにビンタに見えたのだったから。きっと二人は何度も練習をしたのだろう。完璧なまでのビンタだったのだから。

「それより君は、何でそんなにあの生徒の肩を持つんだ。特別親しい間柄とも思えんのだが」

不審がられたことで、眼鏡の3回生はそこでの会話を切り上げることにした。言葉を濁して辞去の挨拶をして事務室を出る時、彼を注視する職員らに不動の姿勢で声を上げた。

「これで失礼します。民主的に見えるような勉強、というのがよく分かりません。自分も続けて行けそうにないので、学校を辞めることにします。手続きにはまた来ます。お世話になりました」

何人かの職員が席を立ちかけたが、生徒はさっと身を翻して部屋を出て行った。廊下に飛び出した職員は、その長身の後ろ姿をどこにも見付けられなかった。

＊

戦後、師範学校は大学に組み換えられ、どの大学でも教員養成の課程を設けられるような開放的な制度となった。批判的な意味で語られていた、従来の閉鎖的な師範タイプの教員養成とは別な流れが意図された。全寮制の師範学校寮も解体され、同じ建物であってもそこには寮生自身が話し合いで自律した運営をする自治寮が出来た。とはいえ、そこで民主的な仕組みが育まれたのかどうかは、定かでは無い。そう見えるだけの仕組みしか作れなかったのかもしれない。

能村は退学後に自力で出版社を興し、教育関連の良心的な本を出版し続けた。水嶋は大学となった新制度で卒業し、郷里の学校で教員を続け、子ども達に自由と民主主義を語り伝えた。あの長身の3回生のその後は、意図的に音信を絶ったようで詳しくは伝わって来ていない。何でも法律の勉強を続け法曹界に進んだという話が噂話のように聞こえて来ていた。もちろん、民主的に見えるだけの話では無く、真に民主的な世の中を作ろうと、各自が努力し続けたことは、信じるに足る話として記憶されているのである。

第十五話　秘密耕作員の漬物

アサガオの種を柿ノ木寮の窓下に蒔《ま》き、南面する窓に蔓《つる》を這《は》わせようとした先輩が居た。3回生の秋に付属小に教育実習に行き、そこで見たアサガオの世話をする子ども達の姿が楽しげで、その雰囲気が気に入ったらしい。アサガオの葉が茂って日陰が出来れば、楽しさと涼しさの両方を手に入れられる、と算段した井上先輩は、付属小で指導を受けた先生に頼んで、引き取られなかったアサガオの種を譲り受けた。校舎の壁沿いに鉢植えの棚があったが、その下にはこぼれた種がたくさん落ちていた。かき集めると、マッチ箱が埋まるぐらいになった。

翌年の春、その種を寮の窓際に蒔《ま》いた。事前に調べて芽切りもした。自分の部屋だけでなく他の部屋の窓下にも蒔いた。たくさん蒔いたので、たくさん芽を出してどんどん蔓《つる》を伸ばしていった。吾輩ら鹿にすれば、その瑞々しい葉っぱは、興味深く感じられた。珍しい物好きの若い鹿はすぐに食べてみたらしい。食いとられた跡に気付いて、井上先輩はいたく傷付いた。防御策を講じようと、彼は何人かに相談した。鹿の活動する夜の時間帯を通して起きているとか、夜通し物音をさせておく、などが考えられた。アサガオの成長に付き合って、毎晩徹夜するのは、さすがに辛そうに思えた。外壁沿いにネットや棒を立てる案も出された。適当な棒を、適当な高さで張り巡らせようというのだ。でも、そうなると毎朝の水やりがしにくくなると気付いた。この地でアサガオを育てるのは、こんなにも難しかったのだ。

どこで聞きつけたのか、鹿に対抗するアサガオ栽培を長老の一人が提案に来た。木之元先輩は、とにかく面倒見のよい人物だった。困った人が居れば、放っておけずに手助けしようとしていた。今回の、井上先輩と鹿の対立にも、一肌脱ごうと馳せ参じたわけだ。もっとも、援助する動機が井上支援にあったのか、鹿支援にあったのかは、必ずしも明らかでは無いのであるが……。

これから芽を出すアサガオを、昼の間は木之元先輩が見張っておく、というのである。長老というのは、何回目かの4回生をやっている留年組のことだ。つまり、受けている授業が少なく、柿ノ木寮にいる時間が長い。やたらに長い。特に木之元先輩は言語学を専攻していたので、卒論を書くのに実験室に寝泊まりするようなことも無かった。揃えた文献を、順番にひもとく毎日だった。その合間、鹿がアサガオに近付かないように見張っておくというのだ。井上先輩は、大いに感謝し、大いに畏《かしこ》まり、木之元先輩にお願いした。

こういう話の進み方だと、吾輩ら鹿がいかにも悪者のようになってくる。でもちょっと待ってほしい。もともとは、この辺りは野生動物が自由に行き来していた場所だったはずだ。そこに後から住み出したのが人間だ。ことの順序を間違ってはいけない。鹿は人間を追い出さない。人間も鹿を追い出すことは出来ないのだ。ということで、木之元先輩は、鹿の追い出しでは無く、鹿を近付けさせないような策を講じることにしたのだ。

追い出すのと、近付けないのと、どこがどう違うのか。多くの人々は、どちらがどうでも気にしないだろう。しかし、当事者には結構大事な問題である。なぜかと言うと、その場所の占有権がどちらにあるのかが、その言葉と行動に反映しているからである。この場合の当事者とは、まずは鹿であり、対するのは木之元先輩である。鹿の側から言えば、何も柿ノ木寮に限らず全ての土地に関して自らの占有を主張するものではない。自然のあるがままを、生き物は等しく受け入れるべきだとの立場に立つ。

ところが人間の方は、そこを一人占めしたがる。人間同士で独占を争うのは勝手にどうぞ、と静観してもいられるが、他の生き物に対して独占を主張する場合には一悶着《いちもんちゃく》も起きる。寮生と鹿の間は、微妙なバランスで平衡が保たれている。今、木之元先輩が始めた行動は、たとえ吾輩ら鹿を追い出すものではなく、近付けないようにしたものであったとしても、この平衡を危うくさせる可能性があった。好奇心旺盛な若い鹿達は木之元先輩の行動に注目していた。

最初にアサガオの種を蒔いた窓下は、それなりの規模で耕され、畑のようになった。木之元先輩がどこからか農具を手に入れて来て、開墾したのである。その作業には3日ほどかけた。そして、そこには大根や白菜などの種を蒔いた。寮の中庭に農園が出現した。若い鹿は、珍しがって見に行こうとしたが、近付けなかった。


農地には木之元先輩が居た。ほぼ一日中居た。土を起こし種を蒔《ま》いた近くに安楽椅子を置いて、昼間はそこに長まって本を読んだり、発芽後の双葉などをスケッチしたりしていた。夜は夜で、部屋の窓際に陣取り、朝方まで鹿が近付くのを警戒していた。ということで、農園の様子に興味を持った若い鹿達も、近付きようが無かった。そのうちに、アサガオや大根や白菜はどんどん生長していった。それは、日々の水やりや適宜の施肥を欠かさずに、木之元先輩が世話し続けたからだった。

それだけの労力を割いて長老の先輩に面倒をみてもらうことに、井上先輩は大いに恐縮の思いでいた。言葉で感謝を伝えるだけでなく、お菓子やご飯のふりかけなどのお礼を、機会があるごとに大先輩に贈ろうとした。でも、木之元先輩はそれを固辞していた。こうやって見事な咲きっぷりのアサガオを楽しませてもらっているのだから、自分は満足だと言い続けた。お菓子やふりかけは、食堂のテーブルに置かれて、柿ノ木寮生に共有された。「アサガオの伸びるに見とれてお裾分け」、と添え書きがあった。

吾輩ら鹿の間でも、木之元先輩の入れ込みようは話題になった。なにも、アサガオの味見が出来なかったことを慨嘆するばかりでは無い。どうしてあんなに、あの場所に居続けられるのだろうか、という素朴な疑問が共有されていたからだ。まるで、寮の中庭に据えられたロココ彫刻のように見えていた。

秋には、しっかり伸びた大根と丸々とした白菜が収穫出来た。ついに、鹿を遠ざけ続けきったのである。木之元先輩の努力は大きく結実した。農園作りの切っ掛けとなったアサガオも、可憐に咲き続けた。柿ノ木寮の中庭を行き来する寮生達は、花の色の鮮やかさに心を洗われる毎日を過ごせたのであった。さて次は、収穫された大根と白菜などの野菜をどのように料理するかだった。

鍋料理にして寮のコンパの具材にしよう、という提案は誰もが考え付いた。でもそれは、井上先輩から却下された。どうしてかというと、そうなると木之元先輩の努力が、正当に評価されない可能性がある、というのである。井上先輩にすれば、柿ノ木寮の寮生みんなが、これこそが木之元先輩の丹精込めた野菜なのだと、気付けるように扱われる必要があるというのだ。

鍋料理になると、他の食材に紛れてしまい注目されなくなるのを恐れた。

当の木之元先輩は別段意見を述べる様子も見せなかった。それよりも、次の作付けをあれこれ考えることに忙しそうだった。そんな時、寮一番の自炊名人と目されていた川淵君が「漬け物にすれば皆が喜ぶはずだ」と提案した。ご飯のお供に手作り漬け物があれば、確かに寮生達は大喜びするだろう。その喜び加減は、体感的に納得された。ただ、その作り方を知る者が居なかった。川淵君は、言い出した責任からか、その漬け物係を買って出た。食堂のおっちゃんらも、冬場に野菜が乏しくなり値が上がる時期に漬け物を出せるなら大歓迎だと期待した。ただ、作り方は詳しくないと言った。吾輩ら鹿は、発酵させた食品は食べるのも作るのも、苦手である。よって、極めて冷静に寮生の行動を観察出来た。

入念に洗い清められたポリバケツに、菜園の大根と白菜とピーマンが詰め込まれた。赤穂出身の寮生が寄付した、名物の天日塩が振りまかれた。お清めだと言って、川淵君は見守っていた寮生達にも塩を振り撒《ま》いた。もちろん木之元先輩や井上先輩にも塩がかかった。でも誰も文句を言う者は居なかった。それだけ、漬け物の成功を祈る気持ちが強かったからであろう。砂糖も少し、沖縄からのサトウキビ味が混ぜられた。隠し味だと言って、千葉県出身の寮生からは醤油が提供された。みんなの思いが込められたバケツ詰め漬け物は、発酵を急かされた。

重しを載せたバケツは、柿ノ木寮で一番寒いところを選んで据え置かれた。北寮の元玄関だった土間だ。普段は靴箱から遠いので、あまり利用する者は居なかった。誰かに蹴飛ばされることも無さそうだった。川渕君は、毎日のチェックを欠かさずに、1週間後からちょっとずつ味見もし出した。日ごとに味がふくよかに変化していくことを、彼は木之元先輩と井上先輩に報告した。寮内には、ほのかに発酵臭も漂い出した。

寒い冬らしい日々だったのにある時、急に暖かくなり出した。異常気象だったのか、一夜にして発酵が進みすぎてしまった。その日から臭いは一挙に腐敗臭に変わった。川渕君は、泣き出しそうな顔付きで、漬け物を取り出しビニール袋に詰め替えた。寮内の冷蔵庫で冷やそうとしたのだ。でも、自然の理は冷厳で発酵の過程は不可逆であった。木之元先輩達は案外さらっと受け流した。次の作付け思案に関心を向けていたからだ。川渕君だけ一人、未練がましくかつて漬け物だったしなびた大根を気合いで食べていた。

吾輩ら鹿は発酵食品に関心が無いので、寮生の落胆の度合いを測りかねている。それよりも若い鹿達は、次こそはアサガオの味を試せるかもしれないと、春を心待ちにしていた。吾輩は、試しにポリバケツの中身をなめてみたことがあったのだが、今度は成功した味をなめてみたいと思っている。その点では、川渕君に対して、吾輩は大いに同情的なのである。

第十六話　セールスマンの孤独

古くから越中富山の薬売りというのがあって、訪問販売は全国的によくある商売方法であった。そうした置き薬商売は、売り手と買い手の相互信頼があって、初めて成り立つものだ。家で、怪我をしたり熱を出したりした際に置いてある薬を使い、使った分だけ次回に支払いをする。最初にあった数と、次に数えた数のいずれもが信用出来なければ成り立たない。相手は誤魔化さない、という信憑《しんぴょう》がこの訪問販売を支えている。

それがいつしか、巧妙に相手をだますような訪問販売も増えて来た。制服風の身なりで防災器具を売り付けようとしたり、言葉巧みな電話でお金を用意させて弁護士のふりをしてそれを受け取ろうとしたりもする。外から来るのは厄介事ばかり、と警戒感ばかりが高まりそうになる。柿ノ木寮にも、いろいろな訪問販売がやって来ていた。寮生達は、お金に余裕が無さそうだったが、でもまぁ話だけは聞いてみるかと、結構好意的に彼らと接していた。それがある時から、いちいち部屋にまで物売りが来るのは困るから何とかしてほしい、と苦情の形で出て来だした。寮全体として、訪問販売に対する規制をしてほしい、というのだ。

吾輩ら鹿にしてみれば、他者の存在が気に入らなければ、場所か時間をずらすだけの話だ。それは個体としての鹿が、主体的に選ぶ行動だ。ボス鹿に、何でも決めて貰おうとするなら、それは子鹿のままだということになる。柿ノ木寮生は、主体性よりも誰かに判断を任せようとするのだろうか。


柿ノ木寮に来る訪問販売にも色々ある。事典のセット販売などは、学生相手なので売り込み理由も分からないではない。このセットがあればレポート書きもお手の物。このボリュームが書棚を埋めているだけで、勉学に相応しい雰囲気が醸し出されます。などと言われると、寮生の中にはその気になる者も現れたりする。一方で、ジューサーミキサーやスライスカッターなどの料理道具セットを売り込むセールスマンも来たりする。あの料理名人の川渕君などには垂《すい》涎《ぜん》のアイテムかもしれないが、大方の寮生には何でそんな売り込みに付き合わなければならないのかと不快に思うこともあった。

そうしたセールスマンとの応対も、寮生らには社会勉強の一つぐらいに思えていたのだが、そうでもなくなって来たことからの「寮役員一括対応制度」の要求となったのである。何かの訪問販売があった場合には、まず寮役員が応対して案内の放送をし、その放送を聞いて興味を持った寮生がセールスマンの話を聞きに集まって来るように制度化すべきだ、と言うのである。寮の部屋に直接人が入って来るのは、困ると言うのだった。

じつはこの問題、居室の公共性を各寮生がどう意識しているかを鋭く問うている。寮の部屋は全くの私的空間ではなく、共同的空間であると寮生らは自覚している。公共性の自覚が高ければ外部との敷居は低くなるが、私的空間意識が高くなれば外部と壁を作りたがる。吾輩ら鹿にも、やはり二つのタイプが見られる。というか、じつは鹿は、時と場所でタイプを使い分けていると言えるのだが、寮生にそんな芸当が出来るのかどうか。

寮役員は寮生会議の議題にするかどうか、決めなければならなくなった。寮への訪問販売を一括して受け付けるようになれば、その受付担当者が必要になる。その役割は、必ずや当番個人の行動を制限するはずである。自分が担当する時間を所定の場所で過ごすことになる。いつ来るか予想出来ないセールスマンを待って、柿ノ木寮内に詰めている、といった当番を誰が引き受けたがるのか。もちろん寮役員だってやりたく無い。議題にして提案するとなれば、そういった皆が嫌がる仕事を誰かにどう押し付けるか、の議論をすることになる。何と気が滅入る議論であろうか。

寮内に訪問販売一括対応要求といった動きがあることに、長老の中から慨嘆の声が上がり出した。社会と向き合うべき気概があまりにも乏しい、と少し怒っていた。寮生は一個人として社会と正対すべきなのであって、柿ノ木寮を自分の防御壁のように考えているなら、大間違いだ、と言うのである。つまり、居室の外はすぐに社会であり公共だと、長老派が主張した。対する新興の規制派は、寮全体が社会と接しているのであって、寮生は個別に社会との接点を意識する必要は無い、と主張した。セールスは寮に対してすべし、と言うのだ。

そんな対立する動きの中、いつもと変わらずに各種のセールスマンが寮を訪ねて来た。長老派は周りに見せ付けるように歓迎する姿勢を見せ、それらのセールストークに耳を傾けた。吾輩ら鹿の間にも、両派の対立がいつか激化しそうな予感が広がった。鹿の気配感知能力は、人間の数倍上である。案の定、それは現実になった。

休日の昼下がりだった。柿ノ木寮に残っていたのは外出予定の無い十名ほどだったろうか。仏像や寺院建築などの仏教美術本を売るセールスマンが、廊下で顔を合わせた古野君に声を掛けた。そして、部屋で話をさせてほしいと頼み込んだ。古野君がその中年男性の足元を見ると、靴下のままだった。寮の廊下は、外でもないし家の中でもない、といった曖昧な空間だ。来客用のスリッパを置いている入り口もあったが、出入り口は幾つかあった。寮生はサンダル履きだったが、訪問客の中には砂粒の散らばる板張りの上を靴下で歩く人も居た。

「部屋にスリッパがあるので、今、持って来ます」と言ってから部屋に戻りかけた古野君に、そのセールスマンが、「ぜひ、お部屋で本の話をさせてください。仏像に興味は無いですか？この近くのお寺のことも書いてあります」と畳みかけた。でも、古野君は新興規制派だったので、セールスマンを部屋に入れるわけにはいかなかった。古野君がとった次の行動は、セールスマンに新聞室へと移って貰い、「仏教美術に関心のある寮生は新聞室に集まるように」と寮内に放送することだった。その放送を聞いて、長老の一人、木島先輩が怒った。セールスマンがする仕事の下請けのようなことをするとは嘆かわしい、と言うのだ。

吾輩ら鹿は、わざわざ複雑に物事を進めたがる人間のことが、よく分からない。古野君も木島先輩も、各自が善意に基づく行動だと思っている。でも実際には、対立の場面が新聞室で展開した。仏教美術よりも、派閥対立に興味を持った数名も含めて、居残り寮生のほとんどがその部屋に集まって来た。

セールスの中年男性は、集まった寮生達に仏教美術シリーズ本予約特価販売の話を始めかけた。すると、その声よりも大きな声で木島先輩の声が響いた。「ここに集まった我々は、寮生による公的設備使用での物品販売活動を認めるかどうかをまず論じる必要がある」と宣言した。何名かは口々に、「よしっ」と答えた。自分が放送で声を掛けたことを、その時になっても古野君は、公的設備使用と関係付けられずにいた。先輩らは、セールスという私的関係に柿ノ木寮の公的設備を利用するのは問題だと指摘した。古野君と数名の新興規制派は、長老らの論理展開を、ここに来てやっと理解した。

その後も、セールスマンと居室で会うかどうかの議論が続いた。それだけの時間があれば、セールスマンはきっと全部の部屋を回れたことだろう。仏教美術に関心のある寮生は意外に多い。そうした彼らは、きっと話だけでも聞こうとしたはずである。ところがその機会は、どんどん遠ざけられてしまった。セールスマンは一人、見本ページが印刷されたチラシを手に、口をつぐんでいた。

社会と接することに、個としてどう向き合うか、というのは人間にとっては大問題のようだ。吾輩ら鹿は集団で生きてはいるが、あまり社会という枠組みを重要視していない。集団と接する際の個としてのしきたりといったものは、どの鹿も心得ている。それで充分なはずだ。孤独さを感じて怯えることもあるが、個としての自覚で乗り越えていくものだ。柿ノ木寮生が、個としての自分を社会にどう向き合わせるか、大いに議論してほしいとは思っているが、そのしわ寄せを一人の中年男性に強いたということには、大いに反省すべきだと吾輩は今でも思っている。

第十七話　お化けのとりこ

学内にいくつもあるサークルの中で、児童文化に関心のある学生らの集まりでは、紙芝居や人形劇を各地で公演して回っていた。県内には林業が盛んな地域が広がっていたりするので、そういった地の小規模な学校では、この活動を昔から楽しみにしていた。しだいに学校統合が進み出すと、公演に行く先が少なくなっていったが、戦後から続く活動の歴史は、途絶えることが無かった。柿ノ木寮にもそのサークルのメンバーが居て、ある時応援メンバー大募集の掲示を張り出した。条件は一つ、お化けになりきれる人、だった。

普段はあまり掲示板を見ない寮生達が、その応募条件の奇妙さに惹かれたのかあちこちで話題にした。その「松の実サークル」が夏休みに予定しているキャンプで肝試しをする際の、お化け役を探しているということだった。毎年恒例の湖畔で開催する子どもキャンプだという。今年はその湖から、おどろおどろしく登場するお化けという演出を考えたらしい。募集の条件は、自力でのキャンプ場往復、湖に隠れて子どもを怖がらせて、バイト代は交通費程度、ただご飯だけは食べ放題という内容だった。確かに寮生以外に応じる学生は居そうも無かった。

吾輩ら鹿の中にもわざと誰かを驚かせて喜ぶひねくれモノは居る。暗がりに身を潜め、狙った相手が近付いて来たのに合わせて急に飛び出したりする。相手の鹿は憤慨《ふんがい》するが、一方で油断しきっていた自分を少し恥じたりもする。人間達が他人を怖がらせたがるのにも、そこに何か教訓的な意図があるのだろうか。


柿ノ木寮生にも、子ども達を喜ばせてあげようという善意は期待出来ようが、最も関心を呼んだ条件はご飯食べ放題だったことは疑いが無い。時期は夏休みで寮食は無い。自炊をするといっても面倒だ。料理自慢の寮生が居てくれたなら話は別だが、それだって材料の準備が必要だ。それならキャンプに付き合って、食べ放題に食べられるという条件は、たいそう魅力的に感じられるというわけだ。

松の実サークルには女子メンバーが多く、打ち合わせの時から応募した寮生らは上機嫌だった。3回生の上村にいちゃんが仕切り役となって、2回生一人1回生二人の4名でお化け団を作ることになった。サークル側の担当は、小島さんという4回生女子で、いかにも子ども好きという雰囲気を漂わせていた。とは言うものの、お化けへの注文は細かく、上村にいちゃんは準備に追われることになった。人形劇用の衣装があるからと、サークルの部室に行って衣装合わせをしたり、登場する際の効果音を選んだりと忙しかった。それでも彼は、喜々としてお化け準備に奔走《ほんそう》した。

自然界には奇異なことが起こるので、吾輩ら鹿もそれらの出来事を誰かのせいに感じることがある。そうした不思議が、姿形を持つようになるとお化けが誕生する。それは噂話にもなるし、言い伝えにもなっていく。人間達は、さらに物語として語り出したりする。人は、人を驚かすのが好きなんだなぁと思う。

いよいよ本番の日、湖畔のキャンプ場まで柿ノ木寮お化け団は2台のバイクに分乗して向かった。お化け用の小道具や嵩張《かさば》る衣装は既に現地に届いているはずだった。夕食用の食器や箸などを用意するぐらいで、各自が手荷物をザックに入れて背負った。水に入る予定の1回生2名は、早くも海水パンツに穿《は》き替えて気分の半分は既にお化けになっていた。でもまだ日は高く、暑苦しい時間帯だ。上村にいちゃんと2回生の二村君がバイクを運転し、その後ろに一人ずつ1回生が乗った。国道は混んでいたが、裏道に詳しい二村君が先を走って、予定した時刻よりずいぶん早く着くことが出来た。

キャンプ場では、子ども達が近くの山にハイキングに行ったとかで、居残りのメンバーが、キャンプファイヤーの準備で薪を積み上げていた。肝試し担当の小島さんは、お化け気分を発散させている1回生達に大いに期待していると話し、詳細を詰めた。1回生二人は相互に十メートルほど離れて湖の岩陰に身を潜め、子ども達が二人か三人ずつ来るのを、水音をさせて驚かすことになった。姿を見せなくていいのか、と1回生が聞くと、音だけでも充分に怖がるはずだから、と小島さんが答えた。1回生二人は不満顔になった。

吾輩ら鹿は、目からの情報より耳からの情報に頼っている。不気味な水音に身を縮ませるのは、よくあることだ。やたらに目立つ姿形でアピールしたがる若い鹿は、まだ根源的な恐ろしさを分かっていない。二村君が笹竹を見付けて、それに細工して笛を作った。お化けの音の練習が始まった。

夕食の準備と片付けが終わっても、夏の森は夜でも暑いままでお化け気分にまだ遠かった。柿ノ木寮お化け団にも人数分のカレー皿が配られたが、盛り切りで食べ放題とは違っていた。食べ盛りを自称していた1回生二人は不満顔になった。上村にいちゃんがそれを宥《なだ》めようとした。そして、その面倒な役回りに閉口してにいちゃんの顔も険しくなった。でも、小島さんが「もうすぐ出番です」と告げに来ると、にいちゃんは急に笑顔になった。

岩陰に隠れた1回生が水音を立てると、おもしろい程に子ども達は大声を上げた。隣の子の大声に驚かされて、それ以上の大声で泣き出す子も居た。1回生二人は、先ほどまでの不満顔はどこかに消え、小枝や石を使って色んな音を出し始めた。先輩ら二人が隠れる山手の道にたどり着いた時には、子ども達の多くは驚き疲れた様子だった。ところが途中から事態は急変した。驚きすぎた子ども達が、手近の小石を音のする方に向けて投げるようになったからだ。お化け団もキャンプリーダーも予想出来なかった、まさに咄嗟《とっさ》の行動だった。

吾輩ら鹿の世界でも、ある鹿の突飛な行動のせいで周りが大いに面食らわされる、ということが時に起こる。小さな沢を跳んでまたごうとした子鹿が、跳び上がった瞬間に、よそ見をした。着地点はぬかるんだ泥だ。下手をすると脚が埋まって動けなくなるかもしれない。その時、その子鹿めがけて近くにいた別な子鹿が跳んで体当たりした。危険を避けるためなのか、以前から仲違いしていた間柄だったからなのか、今になっても理由は分からないのだが、先ほどの子鹿は水浸しになったものの一つの怪我も無かった。

湖の岩陰に居た1回生2名は、必死の思いで石つぶてから身を守った。子どもの泣き声と共に繰り出される小石は辺り一面に落ちて水しぶきを上げた。一つ二つ、体に当たることもあった。本物のお化けなら実体を持たないはずだが、お化けのふりをしただけの人間は体があり痛みも実体化した。事態に気付いた小島さんと上村にいちゃんらが、子ども達に石を投げるなと制止に入った。子ども達はすぐに止めたが、それまでの間に1回生は十発近い命中弾をくらっていた。

それからは、肝試しに出る前に子ども達に「驚いても石は投げません」と、注意が加えられた。それ以後、石は飛ばなくなったが、湖から聞こえる水音は弱々しくなり脅かす気迫は無くなった。その代わりに水面を這うような恨めしげな声が聞こえるようになった。「痛いよう、痛いよう、こんな目に遭うとは、何という仕打ちだ。恨んでやる、恨んでやる……」と、呻《うめ》き声は繰り返した。子ども達は驚くより面白がって笑い声を上げ出した。山手で待つ先輩らは、子どもらのその気分を怖がらせるのに、ずいぶん苦労することになった。

子ども期の感情変化が大きいのは、どうやら鹿も人間も同じらしい。吾輩ら鹿も、さっきまで笑顔だった子鹿が急に塞ぎ込んだりするのに、いつも慌てさせられる。もちろんわざとでは無いことは充分に分かっているのだが、その急変は予測が付かないのだ。二村君の竹笛がひょうひょろと鳴り出すと、その場は能舞台がかもし出す幽玄の世界のように静まった。

現地調達の材料で手作りした竹笛なので、音階などが正確に出せるわけは無かった。適当に穴を穿《うが》ったその細竹に、二村君がフッと息を吹き込むと、不思議なことに哀愁を帯びた旋律がこぼれ出た。誰もが初めて聞く即興の演奏だ。なのに誰もが馴染みを感じるような音だった。それまでは、子ども達の大きな笑い声が、その辺りの空間を埋め尽くすようだったのが、笛の音が代わりに一帯を静まらせた。肝試しにふさわしい雰囲気が、幽玄な時の積み重ねを感じさせるように広がっていった。

それ以上に、その場のみんなを驚かせたのは、山のもっと奥から聞こえて来た鹿の声だった。まるで、二村君の笛に答えるように続けて何度か、その鹿の声は聞こえたのである。その鹿の声に、口まねで応じた子どもも居た。しばらくの間、湖近くのその場では何万年も前にあったかもしれない、人と自然との会話が成立していた。

その時、山の鹿がどんな思いで鳴いたのか、吾輩としても気になるが、今となっては確かめる術《すべ》は無い。本当に偶然のことだが、人間の出す音が鹿にとって聞き覚えのある声として聞こえることがある。思わず、そう聞き取った鹿が、合図を返したのか、あるいは縄張り主張の警戒音だったのか。その後の夜の時間、柿ノ木寮お化け団は、心静かに過ごすことになった。野営場の洗い場隅で小島さんから供された夜食は、確かに食べ放題のご飯だった。ただし、お焦げが多くて、おかずは少なかった。その時、1回生2名は、お焦げをおかずにしてご飯を食べる術を、先輩らから学んだのであった。

第十八話　マムシを無視

大学の敷地と柿ノ木寮の間は、直線距離なら百メートルほどしか離れていない。ただ、その直近のコースというのは、数軒の民家の玄関先を横切ることになる。だから通常は、そんな道は通らずに寮生達は、大学正門か付属小にも通じる通用門を通る。でもこれだとかなりの大回りになり、時間がかかってしまう。そこで年に何回か、近道をすべく人様の家の前を突っ切って、2メートルほどのフェンスも乗り越えて、そのまま講義棟へ走り込む奴が出て来る。そして、それを見咎《とが》める家もある。

ある時、そうして家の前を走り抜けた寮生2名は、フェンスの前に看板があるのに気付いた。そこには、「マムシ注意」、と書かれていた。三つ並んだ看板の一つには、おどろおどろしく蛇の姿も描き込まれていた。寮生二人の動きは一瞬止まったが、互いに顔を見合わせた二人は次の瞬間何事も無かったように、フェンスに飛び付いて、するするとよじ登り、向こう側に降り立った。寮生にはマムシよりも、授業の出欠確認が恐ろしかったようだ。

マムシ注意の看板の話は、その日の夜には、柿ノ木寮内に広まった。反応は二つに分かれた。あんな所にマムシが居るはずが無い。近所に何人も住む人が居るのに見え透《す》いた脅かしだ、と言う意見と、その見え透いた手を使っても阻止したがっている意図を推し量る意見だった。吾輩ら鹿は、マムシを怖がらない。マムシの方が遭遇《そうぐう》前に遠ざかるからだ。人間がマムシを怖がる様子は、見ていて可愛いものである。

普段はそんな近道を使わない寮生でも、何が原因で近道をしなければならなくなるか分からない。そうなった時に、マムシ看板をわざわざ作って寮生達を牽制《けんせい》する住民の意図にどう対するか、考えたがりの何人かがそれぞれに理論武装を始めた。とは言うものの、柿ノ木寮内で互いに自分の考えを述べ合うだけの話だ。その相手役をさせられる1回生には深刻な問題だったが、しだいにそのマムシ看板の話は忘れられていった。

そんなしばらく経ってからの出来事で、一人の寮生が例のフェンス道を走り抜けようとしていた時のことだった。庭仕事をしていたその家のおばちゃんが、「あんたら、将来は教師になるんやろが。そんな横着しててええんかい」と大声を放ったのであった。マムシ看板を軽やかに跳び越し、フェンスに足をかけたところで気勢をそがれたその寮生は、すとんと両足を地面に揃えてから深々とお辞儀を返した。「すんません」と声は謝っていたのだがすぐに体はフェンスをよじ登り2秒後には向こう側に両足で立っていた。おばちゃんの方も、口でブツブツ言いながらもさっきの草むしりに戻っていた。

このおばちゃんの一言が、その夜の柿ノ木寮の一部で問題になった。教師になることとフェンスをよじ登ることの間には、何かの関係があるのかどうかが議論されたのである。吾輩ら鹿は、フェンスをよじ登ることは無いので、この問題には関係が無い。しかし、フェンスの低い場所を跳び越えたり、破れ目をくぐり抜けたりして始終出入りしている。規則破りと言われれば、鹿にも少しは関わりのある問題なのではある。

おばちゃんの言うように、規則を守らないような奴が教師になっていいのか、と考え出したらほとんどの柿ノ木寮生は教師失格となるはずだ。中には人間失格になりそうな連中も居そうだ。約束破りは、大小の差こそあれ誰にも心当たりがある。例えば、寮食堂に残ったままの夕食のおかず皿は、午前1時を過ぎれば誰が食べても良いという不文律があったが、これをフライングで食べる奴は確かに居た。おばちゃん発言は寮生に悔恨《かいこん》の日々を強いることになった。たぶん、胸を張って自分は教師適任である、と宣言出来るのはあの天城先輩ぐらいだろう。

マムシの脅しは効かなかったが、おばちゃん発言は微妙に寮生に響いた。しかし数日後、何人かが集まって話し合っていた際に一人が、「では、教師にならないと宣言すれば、あの近道を通れるんだ！」との大発見をした。つまり、おばちゃんに「教師になるんやろ」と言われたら、「自分は教師にならへんので勘弁してくださ い」と返事をすれば良い、と一同で納得し合ったのである。直ちにこれは、「非教師免罪符」と命名された。

近道を突破しようという時に、フェンスの手前でおばちゃんに出くわすかどうかは、運による。せっかくの返し言葉を用意していても、おばちゃんが居てくれへんと使いようが無いのである。これまでは、見咎《とが》められることを避けたがっていた寮生が、いつしか見咎められたがり出したのである。何ということか。吾輩ら鹿には、とうていこの逆転した発想は理解出来ないのである。

その「非教師免罪符」を最初に使ったのは2回生の横沢君だった。近道ダッシュでフェンスに取りついた時、おばちゃんが声をかけた。「あんた、センセになるのに、そんなことしてえぇんか」と大きな声。横沢君も大きな声で「自分は教師にならんつもりやから、勘弁してください」と答えた。おばちゃんは、その返答にちょっと驚いて口ごもったが、すぐに「そんなん、あんたの勝手やろうけど、ここで柵を登られると孫が真似したがるんや。それは、あんたにも責任あるやろが」と返した。これは、ちょっと面倒な問題だと横沢君は思った。

何とか授業に間に合った横沢君だったが、その日はずうっと、「子どもが真似すること問題」

について考えていた。当初は、おばちゃんと寮生の間の問題だったのだが、そこに孫が関係して来ることになって事態は複雑になった。教師になろうとする強い意思が無いとはいえ、子ども達には少しでも良い見本になりたいと、彼は考えていたのだ。やはり、次の世代に対する自分達の責任ということを気にする気風が、大学内では当たり前に吹いていたわけだ。

おばちゃんが言ったことから、マムシ注意の看板には、孫への警告の意味もあったと言える。その夜、横沢君は自分の体験談をみんなに語り、案を練ることにした。孫には何としてもフェンスよじ登りを諦めさせなければならない。どうすれば、それを実現出来るのであろうか。吾輩ら鹿は、子鹿へは見せて学ばせるだけだ。細々と指図することも無い。学ぶ気が無ければ、身に付かないことを知っているからだ。まなぶは、まねぶなのである。

美術専攻で彫塑をやっている寮生が、自分なら看板よりもリアルなマムシを作れるぞ、と言い出した。その意味は、注意書きの看板よりも、実物っぽいマムシ模型を置いておけば、おばちゃんちの孫を怖がらせることが出来るんじゃないか、ということだった。材料に必要なものとか、仕上がりまでの作業時間とか、設置場所や気象条件に対応した細かい注文とかが、すぐに議論された。美術棟にある余り物で、何とか作れそうな話になった。

そのマムシのリアル化作戦と並行して、いかに印象的にその模型を孫に見せ付けるかが次のテーマになった。孫が模型を見付けるまで、ただ待つのでは悠長《ゆうちょう》すぎる。そうではなく、危ないんだぞ、とマムシの方から迫っていく積極的な働きかけが必要だ、という主張が出たのだ。それならその模型のマムシに誰かが噛まれたらよい、と長老の木之元先輩が言った。ちょうどその場に居合わせた長老は彼だけで、その一言ですぐに噛まれ役と、それを運び出す役と、おばちゃんと孫に話しかける役が割り振られた。孫に教訓プレゼン作戦、と誰かが命名した。でも実際には誰も、そう呼ばなかった。「マムシのあれ」で誰もが済ませていた。

事前におばちゃんとも話しておいて、孫が来るという休みの日に作戦は実行されることになった。シリコンゴムに着色されたマムシ模型は、予《あらかじ》めおばちゃんちの近くにセットされた。フェンスそばの茂みには、マムシを手繰りで引き寄せる仕掛けも作った。その場に居合わせた吾輩ら鹿にも、その緊張感が伝わって来た。おばちゃんが孫を外に連れ出したのを合図に、噛まれ役の2回生岡谷君が、三段跳び選手の面目躍如でマムシに近付いて行った。突然の大きな悲鳴は、どこか陸上記録会の気合に似ていた。

岡谷君がマムシの模型を大げさに振り回し、足の血糊《ちのり》を見せびらかし、大声で助けてくれーと叫び、最後に悶絶《もんぜつ》し倒れた。おばちゃんは、孫をかばうようにしながらも、孫にしっかりと顚末《てんまつ》を見せていた。ああ怖い、ああ怖い、と繰り返し呟《つぶや》きながら。家陰に隠れていたのは、化学実験用の白衣を着込んだ寮生二人だった。大丈夫だから安心しろとか、まだ間に合う、無理に動くな、などと声を掛けながら担架《たんか》を持って岡谷君に近寄った。手はず通りに彼を担架に乗せ、二人はおばちゃんと孫の見ている前を真剣な顔付きで通り過ぎた。小学校低学年らしい孫の顔は、しっかり引きつっていた。

この演出の後、孫がフェンスに近付かないようになったのは確かだった。そればかりか、おばちゃんの家に来ても、外に出ようとしなくなった。それは、新たな問題である。孫に教訓のつもりが、プレゼンが効き過ぎたようだった。おばちゃんは困って、岡谷君が元気であることを孫に見せようと考えた。わざとらしくない自然な現れ方を考えたら、結局フェンスを乗り越える姿となった。岡谷君は、おばちゃんからフェンス乗り越えを依頼されて大いに驚いた。でも孫は、元気な姿の岡谷君を見ても、フェンスによじ登ることはしなかった。

吾輩ら鹿も、その後始末を受け持つことにした。つまり、おばちゃんちの近くで、時々何かに怯《おび》えたように飛び跳ねるのである。そう、マムシを見付けて驚いた風に。岡谷君に限らず、フェンス越えを頼まれたことで、かえって柿ノ木寮では近道をする風がなくなってしまった。だからもうすぐ、吾輩ら鹿の後ろっ跳びもなくなるはずである。寮生達は、教員になる前なのに、孫に教育をしたことになるのだが、どうもその自覚は無いようなのであった。

マムシを無視

第十九話　恨みはらすめんと

サークル部室の長屋が、屋外プールと旧体育館を囲むように並んでいた。学生側からの部室建て替え要求は、これまでに何度も大学宛てに出されていたが、新しい建物の構造や管理の仕方などで話はまとまらなかった。学生にすれば、広めの部屋があって、冷暖房完備で、部室使用時間などに制限が無い方が良かった。大学側にすれば部屋数には限界があるし、幾つかの小部屋を共有するか交代で使い、道具類は倉庫で保管するようにしたがった。利用についても、玄関の施錠や火気管理上、時間制限は必須だと考えていた。両方の主張が平行していて部室建て替えが進まないように見えていたが、本当のところは、単に大学の予算が減らされる一方で、先々の展望を描けない事情が大きかった。そのことは、学生側と管理側とで、共有可能な課題だった。

ゲキメンと呼ばれていた演劇サークルの部室は、プールの角にあったので、夏の時期にはそこで着替えてすぐにプールに飛び込める、という手軽さがあった。柿ノ木寮生の中にサークルメンバーも多く居て、時には、メンバー以外の寮生も一緒に部室を着替えに利用していた。プールから上がった後、濡れた水着を部屋のイスなどに干しておくこともよくあることだった。でもそれは、女子のメンバーには大いに不評であった。

吾輩ら鹿の中にも潔癖《けっぺき》タイプは居るもので、他の鹿が途中まで囓《かじ》った草なんか、絶対に自分は囓らないと大見得を切ったりする。知らない人の水着を干したイスなんかに座りたくない、というゲキメン女子の主張は、半分ぐらいなら吾輩も納得出来そうに思っている。

ゲキメン女子の中で一人、強硬に水着干しを批判したのが卵フェイスの東雲さんだった。なぜ卵フェイスかというと、その肌が健康的に張り切っていて頬骨もやや縦長だったので、ゲキメンの先輩らが畏敬の念を込めてそう呼ぶようになったのだ。でなぜ、部室での水着干しをそこまで嫌うのかは、サークルメンバーの誰もが不思議に思っていた。彼女が公《おおやけ》にした理由は、イスの背もたれに濡れた水着が触れるのは衛生上の問題があるというもので、座ろうとして湿っていたら汚らわしいではないか、とも言っていた。

十名ほどの演劇サークルで、やや女子が多い男女比である。男子からはか細い反論しか立ち上がらなかった。プールの利用は夏の一時期だけで、それほど困る話では無いだろうとか。水着はプールの消毒薬に晒《さら》されているし、室温が高いのですぐに乾くとか。イスの背もたれが気になると言うなら、物干し用のロープを渡す解決策もあるとか。だから急に禁令を発して、夏の健康作りの貴重な条件を遠ざけてしまうのは、教育的な見地から見たら問題があるのではないか、と言うのである。

この「教育的」というフレーズが、結構な効き目を発揮した。東雲さんは物干しロープ利用を条件に禁令を猶予した。ところが、このロープを無視したのが、サークルメンバーじゃないのにおまけでプールに来た柿ノ木寮生だった。吾輩ら鹿の中にも、傍若無鹿な輩は確かに居る。そいつらのほとんどは、反抗的なのではなく単なる気付き忘れ、無頓着なだけだ。でも、この松浪先輩は何かに反発していたのであった。

ゲキメンのメンバーでない松浪先輩が、メンバーを誘いプールに行きたがり、あまつさえ自分が所属しない部室のイスに水着を干したがる理由は見当が付かなかった。何回目かの4回生をしていた長老の先輩だ。その先輩に、プールに行こうぜ、と誘われて言下に拒めるメンバーは居なかった。と言っても、プールで一緒に泳ごうとするわけでもない。先輩はちょっと水に浸かって甲羅干しをし、またちょっと水に浸かるという繰り返しをしていた。メンバーの寮生が先に引き上げても気にしなかった。ただ一つだけ、水から上がった後にはゲキメン部室で着替えをしてイスの背もたれに水着を干そうとするのだった。物干し用のロープは無視されたままだった。

東雲さんは、一向に改善されない水着干し事情にいたく立腹した。ついに自ら、その水着の強制排除に着手したのである。で、その排除の仕方だが、以前キャンプで使った火ばさみで摘まみ上げてロープに掛ける遠隔操作だった。その場に居合わせた他のメンバーは、その徹底した汚物処理手順を驚愕《きょうがく》の眼差しで眺めていた。二人の間に何かあったのではなかろうか。寮生メンバーは気懸かりだったが柿ノ木寮でこの話題を口にすることはしなかった。しかし、どこからかこの経緯は伝わり、松浪先輩の耳にも届いてしまった。噂話を聞いた先輩は、男女差別だと呟いたのであった。

吾輩ら鹿の間にも男尊女卑めいた思想がある。自己確立が不充分な雄鹿ほど、この差別思想に傾倒しがちだ。他を見下すことでしか自尊心を保てない鹿は、何かにつけて雌雄の差を強調する。雄鹿優先雌鹿劣後、などとわめき立てるが、実の無い話である。松浪先輩の男子差別とは、はて何のことであろうか。

ゲキメンのメンバーである2回生の広田君が、松浪先輩にその男子差別という発言の真意を聞いた。先輩はどうやら、半ば自分の言ったことを忘れかけていたようだったが、水着の扱い方がまるで汚物のようであった点を「差別」に結び付けたのは松浪先輩だった。東雲さんが自分の手で直接触れずに、火ばさみで水着を持ち上げたことは、今や柿ノ木寮内に広く知れ渡っていた。その水着の主が松浪先輩だということも、公知の事実だった。先輩としては、自分の面目が火ばさみで摘まれたように感じたようだ。それが男子差別の発言を導いた。

広田君は、先輩の説明に疑問を呈した。水着は男子用しかなかったのだから、男子差別かどうかは分からない、と言うのである。確かにそうである。男女の水着で扱いに差があれば、男子差別との非難はあり得る。でも今のままでは、男女間の差別なのか、もっと別な、例えば松浪先輩個人にまつわる差別なのかは、判然としないのである。広田君の疑問に、松浪先輩は正面から答えることにした。その提起はもっともだ。ならば、次回は女子用の水着を干すことにしよう。悪いが、女子の水着を用意してくれ。広田君は先輩にそう頼まれてしまった。

吾輩ら鹿の暮らしに、雌雄の違いはそう多く無い。食べる物もたいていは同じだ。行動範囲もほとんど重なっている。でも雌鹿が子ども連れでわりとこぢんまり徘徊しているのに比べ、雄鹿は相当山奥まで歩き回ることはある。で人間だ。食べ物などは共通なのに、着る物に差を付けるのは何故だろう。松浪先輩以外の人間はその差をあまり気にしていないようだったが。

急に女子の水着を持って来い、と言われても柿ノ木寮にあるはずもない。広田君は、女子寮に期待して知り合いの梅之香寮生に片っ端から声を掛けた。彼の人望がどうこうという問題の前に、水着を貸してくれという願い事が問題視された。なぜ必要なのか、という理由が判然としないからだ。初めは水着でも、次には下着などを要求されるのではないか、という勘ぐりも梅之香寮内で囁《ささや》かれたという。純朴を絵に描いたような広田君は、そういう噂話を耳にした時点で、自分の軽はずみな行動を悔いた。でも事態を動かさなければならない。今度の願い事先は、自宅生にした。姉妹や母親、おばあちゃん、誰のでもいいから女子用水着を貸してもらえないか、と密かに頼んで回った。

2週間ぐらいも経ってから、やっと女子用水着が手に入った。松浪先輩は待ってましたとばかりに、プールに出かけた。行きがかり上仕方なく広田君も同行した。水着を濡らしたら、それをゲキメン部室に行って椅子に干すものだと思っていたら、松浪先輩はその水着に着替えて水に入った。水着の布地が伸縮性に富んでいた上に、持ち主が水泳教室に通う大柄なおばあちゃんだったせいで、そのスクール水着は松浪先輩にフィットした。

吾輩ら鹿にすれば、衣服の窮屈さは想像するしかないのだが、男子よりも女子にその窮屈さを過大に押し付けているように見える。人間の鈍感さなのだろうか。相手に窮屈な思いを強いることで、自分に力があると満足するような甚だしい勘違いをしているのではないのか。松浪先輩は窮屈そうに平泳ぎを続けた。

その時プールに居たのは、水泳部の数名と遊びに来ていた一般学生達で合わせても十名ほどだった。でも、松浪先輩の女子スクール水着平泳ぎ姿は、辺《あた》りに衝撃を与えたので、しだいに人が集まり出した。プールサイドに人だかりが出来て、写真を撮り出す者も出て来た。２往復ほども平泳ぎを繰り返した先輩は、次に飛び込み台に向かった。華麗な飛び込みに、もうやんやの喝采《かっさい》である。たいへんな数のギャラリーを見回すようにしてから、先輩はプールを後にした。適度な間合いをとった広田君には、ゲキメン部室までの道のりがやけに長く感じられた。

先輩は、いつも通りに自分が脱いだ水着をイスの背もたれにかけた。広田君の水着も、その横のイスにかけさせた。二つ並んだ女子と男子の水着を東雲さんがどう扱うか、先輩は報告を待った。でも、その報告はついに届くことは無かった。東雲さんが、部室に顔を出さなくなったからだ。男子差別だったのかどうかは、確かめられることなくプールの季節が終わった。その代わりというか学内の話題をさらったのは、「社会的性差の窮屈さに挑む」と学生新聞に掲載された先輩の記事だった。無自覚な押し付けに男子は体験的な理解を、と記事は挑発していた。写真には、飛び込み途中の先輩がスクール水着でウィンクしていた。

翌年のプールシーズンに、先輩の意を継ぐ者が現れるかどうか、吾輩ら鹿も注目したが、出て来なかった。でもいずれは、男子水着で泳ぐ女子が出て来るかもしれない。そんな過激さを今どきの学生達に押し付けても迷惑がられるだけかもしれない。そこまでの想像をして先輩は行動していたのかは定かで無い。しかし、現実に潜む差別の多様なありようについて、広田君のように沈思黙考する学生は確実に増えていったのであった。

第二十話　鹿にあらずんば

吾輩ら鹿にも独創的であることを尊ぶ一派がある。湧き出る創作意欲に駆動されて、その鹿達は様々な素材の作品を仕上げている。例えば日常的な食事シーンでも、彼らは自分達の技巧を凝らすことに執着を見せる。闇雲に木の葉を食いちぎるのではなく、個性的な噛み跡を残そうとするのだ。くっきりとUの字型が残る葉だけが、木の枝に連なることになる。それらが小さな風に一斉に揺れ出すのを、彼らは満足そうに眺め続けるのだ。いや、彼らだけでは無い。周りの鹿達もしばしうっとりと見とれるのである。

こうした鹿の努力に、関心を示す人間が多くないことを、たいていの鹿は知っている。柿ノ木寮に出入りする鹿の多くも、寮生に芸術性を期待していない。寮の中庭の二本の柿の木の葉を、きれいに噛み揃えようとした鹿が居たのだが、その作品が完成した時にも、風にそよぐ葉を見詰める寮生は現れなかった。落胆したその若き芸術鹿は、柿の木に気付かせようと何度か寮生を追い立てたというが、その意図は寮生に届かず、逆に掃除のモップで追い掛け回されたというのだった。
芸術ではなくもっと別な造形ならば、寮生も気付くことがあるのじゃないか、とある鹿が少し尾籠《びろう》な作品に挑戦した。その鹿は、独自の鍛錬を積み重ねてついにその造形をなし得たと言う。寮の中庭や、寮近辺の道路に、その作品をさりげなく飾ってみた。さすがにその目立つ造形に、寮生の何人かが気付いた。ついに寮内でも話題になり出したのである。

「この前びっくりしたんやけど、道端の鹿の糞がピラミッドの形になっとったわ」、「そんなけったいな話があるかい、四角錐《しかくすい》みたいな糞て何やそれ」、「そう言うけどな、ほんまに見たんやから見たって言うしかないやんか」、「どこで見たんや」、「よし、ほな見に行こか」

既に夜だったが、柿ノ木寮から二人の寮生が下駄をつっかけて少し下った先の路地を目指した。そういう展開を期待して中庭に潜んでいた造物主の鹿が、二人の後をつけて行った。しばらく歩いた先の、車一台が何とか通り抜けられるぐらいの路地の電柱脇に、そのピラミッドは残っていた。よく見る小粒の鹿の糞が、底面の一辺に4個、次の段に3個、その上に2個、頂上に1個を配して完璧な錐体を為していた。先に見付けていた寮生が、「これがピラミッドでなくて、何だと言うんだ」ともう一人に勝ち誇った顔で言った。

この発見が後に寮内で話題になった際に、ある寮生からは「何でその時に証拠の写真を撮っておかなかったんや」と言われたものだった。別な一人は「その糞が、誰かのいたずらで積み上げた物でなかったか、どうして確かめなかったのか」と難詰《なんきつ》された。吾輩ら鹿にしても、ピラミッド形の脱糞は、至難の業である。その記録が残されるかどうかは、作り手の技巧派鹿にとっても関心事だった。その発見者の寮生は、「糞の写真を撮ると、糞が機械に残って臭いそうやったんや」と説明したのだった。

機械の中に保存された外界の景色に、匂いの付加情報を合体させ得るかどうかは、あえて検証するまでも無い。そんなことが起こるはずは無い。いや逆に、もし匂いの記録保存や、可視化技術があれば、それはそれで大ごとになるであろう。写真を見ているとそこから匂いが立ち上って来る、というのは写っているのが何かにもよるがロマンチックと言える。しかし、鹿の糞が臭ってくるように感じられる、というのは個人の感じ方としてはあり得る話である。

ところがこれは、吾輩ら鹿からすれば、謂《い》われ無き一方的な勘違いだと抗議したい点だ。鹿は草食を旨として生きており、それも限られた種類の葉っぱしか食べない。たまに悪食《あくじき》の若鹿が居たりするが、それでもずうっと悪食を続けたりしない。しだいに好みの食草は単一化していく。そうなればなるほど、糞は臭わなくなっていくのである。肉食獣でも、単一の草食獣を獲物にする種類の糞はそんなに臭わない。最も糞が臭うのは、雑食性の動物である。人間は自分達の糞が悪臭を放つのを、何のためらいもなく鹿に当てはめてしまうから、そんな見当違いの思い込みをしてしまうのである。

さてピラミッド型鹿糞なのだが、その真偽が柿ノ木寮で議論され出した頃、件《くだん》の脱糞技巧派の鹿は寮の中庭にもその造形を残そうと考えた。ただ、その脱糞を完遂するのには時間がかかるので、そのための十分間程をどう確保するのかが課題になった。なぜなら、寮内でそれだけの時間を鹿が無防備に佇《たたず》むというのは相当リスキーな行動であるからだ。

造形努力への集中が出来ずに、その芸術鹿は悔しい思いを深めていた。その一方で、鹿糞ピラミッドの完成形を保存し損ねた寮生達も後悔の底に沈んでいた。あの完璧な錐体を、何かの形でとどめておけば良かったと口惜しがっていた。その話を柿ノ木寮の風呂で聞き付けた本条君が、あっさりと「それなら、自分の所にあるよ」と言ってのけたので、事態は急展開を見せた。関係者一同がぞろぞろと本条君の寮室になだれ込んだ。確かにそのオブジェはあった。しかも、見たままの雰囲気で書棚の端に飾られていた。

「これは偶然見付けたこの糞体を、趣味の昆虫標本作りの手法で固めたものです」と本条君が説明した。「樹脂で直方体に固めるのが通常の方法ですが、今回の標本はピラミッド型なので、特別に錐体のシリコン枠を作って流し込みました」と実物を手に取ってみんなの前に示した。何人かが、少し後じさりした。「大丈夫ですよ。臭ったりしません」と自分の鼻に近付けて見せた。すると今度は、何人かが自分も試そうと鼻を近付け出した。透明な樹脂の固形物を越えて何かが臭う気配は無かった。

訝《いぶか》しそうな顔の4回生が「でもこれじゃ、本条が自分で鹿糞を積み上げて固めたかもしれんやろが」と呟《つぶや》いた。この発言に最大限の憤りを発したのは、吾輩ら鹿の中で最高の脱糞技巧派の芸術鹿だった。精魂込めた自分の作品を、勝手に人間手製と見なされるのは我慢ならないと糞慨《ふんがい》した。

ピラミッド状に糞の重なりが出来た最初は全くの偶然だった、と芸術鹿は隠さずに説明している。吾輩ら鹿の脱糞はたいてい移動しながらである。それは外敵に始終気を配っているからであり、また一所に糞が集まることの無いように気を付けているからである。ある時、原始の森に近い神社の小道で、その鹿は自分が飛び越えた小川の向こう岸に着地しようとしてがさごそと動く気配に驚いた。それは捨てられたらしい子猫だったのだが、その時にひょいと飛び出たのがピラミッド糞だった。

この時以来、芸術鹿として目覚めたことで、何度も同じような尻のすぼめ方を工夫し出した。そしてようやく数回に一回程度、積み上げ糞を生み出せるまでになったのである。そうした努力をまるで考慮すること無く、勝手に人間の手製だろうと言い放たれては、まるで侮辱《ぶじょく》するものではないか、と造物主はいきり立った。そうした怒りは、周りの鹿達にも共有されている。何せ、芸術鹿と同じようなすぼめ方で尻穴をコントロール出来る鹿など、どこにも居ないので、芸術鹿は吾輩らの尊敬の的だったのである。

先輩がふと漏らした呟《つぶや》きに、じつは本条君も大いに驚いていた。そんな、鹿の糞積みなどを自分がするはずないじゃないか、と憤った。でもそれは口にせずに、もっと別のことを考えていた。鹿に尻穴があり人にも尻穴がある、同じく尻穴があるならば鵯越《ひよどりごえ》を下るのに何の躊躇《ちゅうちょ》がいるものか、と彼は呟いていたのだった。

大学のキャンパスで、あらゆる知人に本条君はあることを質問して回った。その回数が増え過ぎて目立つようになり、学内では柿ノ木寮で一体何が起こっているのか、と多くが不審がった。何せ、彼が聞いて回っていたのが「あなたはこれまでに、丸い粒状のウンチをしたことがありますか」、というものだったからだ。もしその問いに、「そう言えばあったかもしれない」などと答えようものなら、さらに「その時には、どんな物を食べていましたか」と質問攻めに遭うことになった。

本条君が目指していたのは、自分も鹿のごとき脱糞を為し、さらにはその丸状糞を積み重ねる技術を会得しようということだった。まず食べ物から丸状糞に迫ろう、と考えたのだが、鹿を真似るなら木の葉や草を食べなければならなくなる。いきなりそんな食生活へ切り替えるのは、さすがに無理だ。それより人間も丸状糞になる時があるじゃないか。ならばそれを突き詰めよう、と考えたわけだ。そこで手当たり次第に聞き回ったのだが、質問自体が人に嫌がられるものであることを忘れていた。彼は孤立感を深めた。思い悩む姿が痛々しかった。

吾輩ら鹿には造作も無いことでも、人間にとっての難題ということはいくつかある。その中でも脱糞技術の習得はそれほど難しくないと思える。要するに、歩きながら垂れるとか、警戒して少し怯えながら垂れるだけのことなのだ。でも人間は、何ものかに襲われるかもしれないという緊張感を手放して久しい。そのことに本条君が気付けるかどうか。全てはそこにかかっていたのだ。

一方で、ピラミッド積み上げ糞の技巧をさらに高めようとしていた芸術鹿は、本条君の努力に報いたいと思いつつも、なかなか実行出来ずにいた。可能なら、彼の見ている前で秘技ピラミッド糞ひねり出しを実演したかったのだが、自分が糞の造物主であると気付かせるのは難しかった。せめてもの手助けを、と彼は（というのは芸術鹿のことだが）柿ノ木寮の敷地内にピラミッド糞を残すようにした。でも、糞が形を保っている時間は短い。数日もしないうちに、乾燥し、崩れていく。人生は短いものだが、芸術も受け入れる素地の無いところでは、短命なのだ。

人の手による捏造《ねつぞう》ピラミッド糞と見なされて以来、本物であるにもかかわらずその発見を喜ぶ寮生は居なくなった。暇な誰かが鹿糞を積み上げて形を作り、そこら中にばら撒いているんだと、誰も気にしなくなったのだ。芸術鹿には、耐えられないほどの屈辱であった。鹿と人間が分かり合うには、なかなか越えられない溝があるようだ。それでも努力は続けられるべきだと、芸術鹿は新たな造形に挑むそうだ。粒粒をつなげて文字にしてやろうというのだ。でも、それを平仮名にしようか片仮名にしようかを決めかねているらしい。本条君はと言えば、最近やっと時々丸状糞になるケースに気付いた。試験前やデート前の時によく見られるという発見であった。なのに、緊張度よりもまだ前日に食べた物を気にしていた。芸術鹿と本条君の努力がどう報いられるかは、誰にも分からないのである。

これからの時代、こんな恥ずかしいことがまかり通るかもしれないと案ずる話を述べる。

三　研究事故報告

千人針生存率統計への介入事例

一、問題の所在

卒論指導に、複数の指導担当教員が関わることは珍しく無い。制度的に主査と副査の分担が明確化されている場合もある。そうした場合では、その卒業論文の学問分野や専攻領域に関係する教員が、最終的な評価も含めて審査を担当するのが前提となっている。

ところが一部には、当該論文との関わりがあまり無い分野領域の教員が審査を担当する場合もある。そうした例は、大学の組織上や人事上などで特別な事情がある場合などに見られることで、特段珍しいことでは無い。今回はそうした例には含まれない、卒論指導に関わって外部から審査に介入があった事例について報告の必要を認めたので、以下に要点をまとめて提出するものである。

二、当該卒業論文の目的

近現代の民俗史に関心を持つ学生（以下Ｑと表記する）は、考古心理学の手法を用いて戦時中の習俗が実人生にどのような影響を及ぼすかを、地域に残る具体物から調べようとした。主な調査対象として選んだのは、神社仏閣に奉納された千人針や戦争資料館などに保管されたお守りなどであった。それらの内、持ち主が特定された物について、その当人が戦後まで生きていたかを文献資料などから確かめるという方法を用いた。

Ｑにとっての最大の関心は、人は自分の生死を気に掛ける人々が身の回りに多く存在する、と実感出来れば、何としても生き抜こうと無意識に努力するので、結果としてそうでない者よりも生存率が高まるはずだ、という点にあった。

三、当該卒業論文の研究調査上の課題

戦後の一定時期までは、庶民の戦争体験を継承するための工夫や努力が、どこの地域でも見られた。爆撃を受けたなどという特別な経緯があれば、犠牲者慰霊の周年行事も続けられていた。そうした特別な被害が無い地域でも、戦争に関する記憶は伝えられていた。それは戦争が、国民を総動員して遂行されていたからで、庶民は何らかの形で戦争を直接体験していたからであった。

ところが戦後という時代の捉《とら》え方があいまいになり、戦争の不条理さや悲惨さなどを強調するのは自国の歴史を貶《おと》めるものだとの主張が一部で強まり出した。その時期は、戦争の直接体験者が少なくなる頃と重なっていた。そうした事実は、Qが関心を持つ心理的影響を確認する手立てが乏しくなることを意味した

そこでQは、自分の郷里で公開されている戦時資料を調べ、その中でも特に千人針とお守りに注目し、それぞれの持ち主を探し当てる努力をした。持ち主当人が戦後に帰郷したかどうかを確認する作業は困難を極めた。それでもQは、資料館関係者の善意や人づての情報を頼って確認作業を進め、合計十七件の千人針資料に対して九件の結果にたどり着いた。生還者は六名であった。

単純に生還率を計算するなら、九分の六は六十六パーセントになる。しかし、この数値を信頼に足るものとして扱うには、考慮すべき他の条件が影響しており、一定の留保が必要である。一例を挙げれば、現存資料の収容に至った経緯を考えれば、生還者による自分史の記録伝承が意図されていた可能性がある。そうであれば、生還率は高い数値を示すことになる。

千人針所持者による生還率を仮に算出出来たとして、その比較対照として算出されるべきなのは非所持者による生還率である。一定地域での一般的な生還率に比して、千人針所持者の生還率が有意に高いかどうかを調べることが、Qにとっての最大の関心事であった。ところが実際にそうした数字を拾い出そうとする調査に外部からの介入が見られる経緯となった。

四、数値操作を誘導しようとする働きかけ

なるべく一般性を満たす生還率を算出すべく、Qは他地域における従軍数と生還数を手に入れることにした。これには協力者が必要になるが、それをQは自身が在寮するK寮の寮生に依頼した。結果として広範囲をカバーすることが可能になった。寮生には帰省の際に戦争時の資料を有する資料館や官公署、寺院などを訪問して基礎データを収拾するように依頼したのである。テーマに関心を持つ寮生が多く居たことに加え、Qが寮内で人望を集めていたこともあって、多くの地域のデータが得られた。

ところが、こうした庶民の戦争体験に関わる実態調査を始めてしばらくすると、卒論指導を受け持つ筆者の元に外部から問い合わせが届いた。その内容は、生還率といった数値を算出することの危うさを指摘するものであった。理由として挙げられていたのは、地域特性や出征者の年齢などを考慮する必要があるのに、そうした属性を加味しない数値では不当に生存率が下がったりする可能性を問題視するものであった。指摘は郵便で送られて来て、送付者は近現代史の調査研究と普及教育の社団法人であった。

学生の卒業論文とはいえ、得られたデータに何らかの操作を加えることの方が問題であるので、指摘があったことはQ本人に伝えること無く、筆者が送付者宛に次のように返信した。

……ご指摘の趣旨は検討課題ではあるが、得られた数値はそのままを用いるべきと考える。調査

地域などについての限界があることを明記しつつ、一般的な数値として用いる予定である……。

さらに、学生の指導についてのご意見は承るが実際の具体的な指導に関して、当職が自らの職責を全うすべく真摯に取り組んでいるので、細かい指示は無用であると書き添えた。

その後に再度指摘する郵便は無かったが、今度は人文研究棟の主任教授を介しての訪問依頼があった。来訪の目的は、外部資金による委託研究の申し出であった。主任教授の口ぶりからは大学としての実績確保のためには受諾を当然視する意図が察せられた。

その委託内容とは、かつての戦時に広まった千人針に代表されるような庶民の戦争受容の風習を現代に新たに創出する、というものであった。列として挙げられていたのは、従軍に際して当人に向けたSNS上での「千回いいねクリック」や、当人の半生を映像でつなぎ合わせた「PV風のビデオクリップ」や、従軍を称《たた》え戦果を期待することをラッパーが歌い上げるオリジナル曲の作成などであった。

それらの現代風千人針が、従軍する当人と送り出す側の戦争受容度をどこまで高めるか、を研究する場合に資金提供される契約内容であった。提供予定の資金額は、同規模の研究と比較すると約三倍の高額であった。そうした厚遇を与えることで、既定の結論を導き出そうとする意図が透けて見えたので、筆者は委託を断る旨の返事をした。

五、終結後の研究環境劣悪化

卒業論文を提出したQは、その後の審査や口頭試問を終えて無事に卒業した。学科共同の卒論発表会では、最も多くの質問が寄せられた。そのことは多くの人の関心を集めたことを意味していると考えてよいはずである。しかし、その関心の中身はどのようなものなのかは、質問内容だけで判断するのは難しい。中には、件の研究委託の内容にあったような、新たな戦争体制受け入れを準備しようとする関心の持ち方もあるのかもしれない。

過去の記録から庶民の戦争受容を調べるだけでも、成果発表に特定の結論誘導の働きかけがあり得る状況が確認出来た。このことだけでも、研究の純粋性を歪《ゆが》める可能性がある。さらに一定方向の結論を出すことを条件にした多額の資金提供の動きも見られた。軍事や防衛研究の装いをとらなくても、こうした研究は戦争を支える働きをするものになるはずである。研究に携わるものは、常に敏感である必要がある。

ちなみに、委託研究を拒んだ後に筆者は、卒業論文指導の担当を外されて、学内のある研究センター所属となった。学生と接する機会は授業だけになり、その受け持ち数も減らされた。こうした配置換えと、Qの卒論指導との関連があるのかどうかは不明である。ただし別な内容の委託研究を受け入れた主任教授は、ほどなく学部長に昇任した。

以上、一連の研究にまつわって外部からの介入を伴う問題事例があったことを報告します。出来得れば、今後も継続しての検討課題として取り上げられることを節に願うものであります。

添付資料

・当該卒業論文の梗概

・社団法人から送付された質問状の写し

・研究資金提供条件を記したメモ書き

◎紀要編集委員会による採否判断　　不採用

最終話　残酷なフッー

篠山君が洗濯機を回そうとしてふと隣の洗濯機をみたら、回転している渦の中に黒色のブラジャーが見えた。誰の洗濯物なのかは分からないが、柿ノ木寮には男子しか居ないはずなので、どうしたことかと大いに訝《いぶか》しんだようだ。彼は洗濯機のある南寮東外れの洗面所を見張れる場所を探し、すぐ近くの階段踊り場に身を隠した。洗面所は便所の出入り口でもあって、その先は行き止まりだ。見張る位置からなら、全ての人の出入りを完璧にチェック出来るはずだ。その日曜日の午前と午後を、篠山君はその監視に費やしてしまった。そして、結局誰が洗濯の主だったのか、分からずじまいとなった。件《くだん》の洗濯物はいつの間にか片付けられていて、黒のブラジャーの持ち主はおろか、その存在も不確かになってしまった。その怪しさのせいなのか、彼は黒色のいかがわしさを大いに糾弾すべきだと決意したようだった。

だいたい肌着というのは、目立たないように肌の色を模したように作られるべきだろう。それなのに、わざわざ派手に自己主張するのでは、下着としての節度を顧みない我が儘《まま》な存在ではなかろうか。男子寮でブラジャーが洗濯されることの違和感よりも、それが黒色であることの方に彼の関心が移っていったのは、吾輩ら鹿にしても奇妙に感じられた。篠山君は自分の憤りが、他の寮生からも賛同を得られるはずだと自信があったのか、洗面所に「洗濯機では普通の衣類を洗濯しましょう」と張り紙をした。普通とは何だと、すぐに疑問の声が一挙に上がった。

篠山君の張り紙の横に、「ぼくのフンドシは、洗っても良いですか?」という張り紙が張られた。質問の体裁を取りながら、篠山君の「普通」に対する皮肉が感じられた。その紙の余白に、「フンドシがOKなら、廻《まわ》しもフツー? by スモー部」の書き込みが加わった。「ご迷惑をおかけしました。金輪際、宇宙服はもう洗いません」と書かれた紙も現れた。柿ノ木寮生の多くが、「普通」の一言に対して疑問の声を上げたのであった。

問題の発端であった、黒いブラジャーがどうして男子寮の洗濯機で回っていたのか、という点について篠山君は正式に寮生会議の議題に提案することにした。というのも、彼の張り紙に対する様々な反応が過剰になり、ついには厚生部が「不要の張り紙は止めましょう」という張り紙を掲出する事態になり、その当座の責任を彼が引き受けざるを得ない状況になったからであった。ただ議題提出についての難点は、そのブラジャーを見た者が今のところ彼だけに限られているという証拠保全の不充分さがあることだった。でも彼は、自分の説をとくとくと主張した。

「寮生自身が着用する下着が洗われているならば、私は何ら問題を感じません。ただ、先ほど説明した黒いブラジャーがもし寮生外の物であるのに、それが寮費から支払う電気代で回っている洗濯機で洗濯されるのには、大いに疑問がある、と考えます。普通の衣類というのは、そういう意味です」と彼が主張した内容は、吾輩ら鹿にも充分に納得出来る内容であった。でも、これではブラジャーの主は反論を切り出せないかもしれなかった。

寮生の誰かが身に付けていた衣類が普通であり、そうでない物は異常である、という論立てに、寮生会議参加者の多くは居心地の悪さを感じて渋面《じゅうめん》を作った。篠山発言には言外に、黒ブラジャーを着用するような寮生は異常だとの断定が感じ取れたからだ。では白ならいいのか、肌色ならいいのか、と議論を混ぜ返して会議の雰囲気を変えようとした発言があったが、議場の食堂に笑い声は起こらなかった。寮生の中に、黒ブラジャー着用を当然視出来る論理を展開したいのにそれが出来ない身もだえするもどかしさが広がった。このまま柿ノ木寮では、黒ブラジャーを身に着けられなくなってしまうのだろうか。当座にその予定が無い寮生も、着用の異常視を不穏に感じた。

長老の一人、大輪田先輩が徐《おもむろ》に手を挙げて「その黒ブラジャーだが、寮生以外の者が紛れ込んで勝手に洗濯した可能性もあると思う。だとすれば、寮生の趣味や性自認を暴露するような議論を続けるのは無意味だし、むしろ寮外生によるゲリラ洗濯の阻止策についてこそ議論が為されるべきだと思う」と持論を披露した。議場は一気に活気付いた。そういえば下宿生の誰々が大きな荷物を抱えて寮生の部屋に出入りするのを見た、その後にその部屋の寮生が洗面所に行って洗濯していた、などの発言が続くようになった。柿ノ木寮は寮外の洗濯難民を受け入れるかどうか、論点はすっかり移ってしまった。篠山君は何度も目をパチクリさせた。

吾輩ら鹿は柿ノ木寮の見張り役をしているわけでは無いが、時々、寮外生が洗濯に来ている場面に遭遇することはあった。彼らの多くは元寮生で、悪びれもせずに洗濯機を回していた。それ以外にも、コインランドリー感覚で友人の洗濯物を請け負う寮生も居た。加えて彼女の洗濯物を代わりに洗濯してやろうとする寮生が居たとしても、吾輩らは少しも不思議では無いのである。

柿ノ木寮の洗濯機が、寮外生の洗濯物を洗うことは認めるべきなのであろうか。その電気代分を、洗濯する寮外生は支払うべきなのではないか。あるいは、洗濯機が酷使されることで、早期に故障を招く結果になるとすれば、その買い換え時期が早まることで寮生に負担が生じる可能性があるのではないか、などが論じられた。厚生委員がこの分野の担当ということで、3回生の辻田君が主に答弁を引き受けた。この辻田君は、女子学生が特に多い幼児教育の課程に一人男子学生として所属していたせいか、発言の仕方がどこか丸みを帯びていた。

洗濯機が酷使されることで交換時期が早まるかどうかは、期間を定めた実証実験が必要になる。そのための実験計画を立てたり実施の手はずを整えたりする余裕は、現在の厚生部には無い。特に関心の高い寮生が居るのであれば、ぜひ研究をお願いしたい。それよりも、これまでの洗濯機の使われ方を見ていると、寮生には洗濯志向が乏しい状況の方が心配である。もっと清潔や衛生に関する意欲を高めることが現在の厚生部の課題となっている。さらに付け加えれば、洗濯機の購入に関しては備品扱いなので、寮費からの支出とならないはずである。この点と洗濯機稼働分の電気代について会計委員から回答があるはずです。

会計委員の越智君が答えたのは、「洗濯機は学生課経由で購入するものであり、また、特定の洗濯に要する電気代を算出するのは不可能です」とあっさりしていた。吾輩ら鹿は、寮生らの問題意識がどこに向かうのか、気になり出した。

寮生があまり洗濯機を使っていないことが明かされ、とするならこれまで洗濯機を動かしていたのはもしかすると寮外生だったのかもしれない、という可能性が持ち上がった。議長だった2回生の溝口君が、「挙手は任意ですが……」と前置きして、「この1週間で、寮の洗濯機を使った人は？」と寮生会議出席者に確認した。1回生3名がおずおずと手を挙げた。「では、この2週間では、どうですか？」と議長が重ねて聞くと、別な1回生4名が手を挙げただけだった。柿ノ木寮生と洗濯機は相性が良くないことが示された。

辻田厚生委員が憂いを込めた口調で、もっと清潔に関心を持って日常生活を見直してくれるように、と懇願する発言をした。黒ブラジャーを問題視した篠田君さえも、あまりにも洗濯機が使われていない事実が分かって体を仰け反《のぞ》らせていた。こういう事態ならば、ブラジャーどころか真っ赤なパンティーであろうが、とにかく洗濯機が稼働している実績を作るべきだと誰しもが考えた。使用頻度低下を理由に、学生課が洗濯機を引き上げるようにでもなれば、さすがに柿ノ木寮生も慌てることになるからだ。普段は洗濯欲に乏しい寮生も、たまには洗濯したくなることもあるだろう、とぼんやり考えたわけである。

寮外生であろうと、とにかく洗濯機を使うことを応援すべきだ、との気運が芽生えた。吾輩ら鹿にも議論の流れが変化したことが感じ取れた。篠山君が消沈した面持ちで、寮外生も含めた洗濯週間を実施するなどを検討してくれるように厚生部に提案した。厚生部は、「洗濯週間よりも洗濯習慣が大事だ」と、至極《しごく》真っ当な答弁をした。

洗濯よりも選択に熱情をそそぐ傾向のある柿ノ木寮生だが、さすがに洗濯機が無くなるのは問題に感じられた。もし、学生課や会計課から問い合わせがあった際に、胸を張って洗濯機の使用頻度を答えられるようにしなければ、と多くの寮生が考え出した。具体策は厚生部に委ねられたが、大筋で合意されたのは洗濯日制の実施であった。

寮の部屋ごとに洗濯する日を指定した一覧表が作成された。指定日には、その部屋では洗濯機を使う義務が生じた。ある部屋では、指定日ごとに室員の割り当てを決めた。ある部屋では密かに寮外生から洗濯物を集めた。厚生部は洗濯改めを始めた。指定日に洗濯した形跡が認められない部屋は、廊下や食堂の掲示板に名前が張り出された。逆に洗濯をよくした部屋は、十回ごとに深夜の寮食フリータイムに優先権を与えられた。でもこのシステムは、しだいに機能しなくなった。なぜなら、ハンカチ1枚の洗濯でも1回と数える形骸化が、進行したからであった。

吾輩ら鹿には洗濯の習慣は無いが、きれい好きであることは、もっと知られてよいはずである。何も特別なことでは無い。自分で身辺環境を整えるのは、生物として当然のことだからだ。そうなると柿ノ木寮生は、生物から脱しようと画策しているように見える。生き物を止めて何になるつもりなのか。若い鹿達が彼らを真似ようとしないでいるのが、せめてもの救いである。

洗濯週間
厚生部

あとがき

「古都に棲む述べる鹿」は、話を盛るのが得意なので、ここに述べられた話をそのまま丸ごと事実だと信じるのは早計過ぎます。かといって最初から全部作り話だと言われると、それはそれで寂しい話です。なぜなら、話の元になる実際の出来事は確かに起こっていたからです。例えば、「沈思木工」の二村君はその後も物作りを続け、２０２１年度の日本伝統工芸展で大きな賞を受けるまでになりました。ただそれらの出来事は話の切っ掛けとなっただけで、話の顛末《てんまつ》は全くの創作物です。もし似た名前の人を知っているとか、似た出来事を体験したなどと思い出すことがあっても、それは単なる偶然だと思い直してください。

これまで毎週のように書き継いできたブログ記事が元になっています。書き続けた期間はかれこれ十年の年月となりました。話の数も百ほどになりました。だらだらと思い付くままに書いて来たようにも見えますが、少しずつ関心が向く方向に変化が表れています。簡単にまとめてみるなら、世の中に優しさが無くなって来たことを気に病んでいる、ということです。

柿ノ木寮の住人達は常に議論をしています。それは、多数派が少数派に押し付けるような「普通」を認め無い、ということであります。まずは疑うのです。こうするのが当たり前だ、後輩は先輩に従うのが普通だ、などとは考えないのです。この「普通」を少数者に押し付けないことは、発達障害を持つ人にとっては非常に大きな意味を持つことを、当事者研究（＊）の中で明らかにしました。

多数派である健常者の側は気軽に「普通は、こうする」と何気なく口にしたり行動したりすることが、発達障害の当事者には大きな負荷と感じられていることを、研究結果は明らかにしました。じつはこのことは、民主主義の基本とも通じ合うことに気付くことにもなりました。つまり、どちらも充分な議論と説明が必要だということです。柿ノ木寮で寮生同士が時にぶつかり合うのは、民主主義を体現し定着させようともがいている姿だと思えるのです。

人が生きていく道幅をもっと広く見積もってほしいと願っています。そうした話が、この本には繰り返し、何度も出て来ます。寮生達の無様《ぶざま》に見える生き方を、柿ノ木寮が支えている姿を、現実社会の方で少しは見習ってくれたら、と心底から願っています。

さて今回はブログ記事だけでなく、書き下ろした三篇の小説も加えました。それぞれの話には、筆者が関心を持ち続けている発達障害と社会との関わりと、民主主義実現の遼遠《りょうえん》さにひるむな、という思いを折り込みました。人と人の間に、少しでも余裕が広がることを願っています。鹿達もきっと、人間達の成長をもうしばらくは見守ってくれることでしょう。人間の成長があれば、彼らも安心して暮らせるようになります。鹿と人、共に成長していけるように力を合わせていきましょう。鹿にも伝えておきます。

今回の出版も、一声社の米山傑氏による叱咤《しった》激励によって実現までたどり着けました。古都暮らしを共に体験した寮生仲間でもあります。イラストやブックデザインには、寮で同室だった谷脇二郎氏のご子息、谷脇栗太氏に力を貸していただきました。これにも感謝です。次の世代にも蛮勇の気風が受け継がれていき、さらに新しい味付けが加えられていくことを切に願うものであります。

（＊）発達障害当事者と定型発達者間での「普通」の受け止め方の比較：当事者研究からの気づきとPAC分析による検討　三条将明、今野博信、阿知良洋平、前田潤　研究報告　室蘭工業大学紀要 (68), 83-95, 2019-03 https://ci.nii.ac.jp/naid/120006592349

今野 博信（こんの ひろのぶ）

1957年北海道大野町（現北斗市）生まれ。奈良教育大学大学院教育学研究科修了。大阪で関西芸術座、奈良で学習塾自営後に、北海道で公立小学校教員。その後に伊達市で個別指導塾「学泉舎ならばん」主宰。室蘭工業大学客員教授(学校心理学)。東京理科大学長万部校非常勤カウンセラー(再開準備中)。学校心理士スーパーバイザー。

1989年、奈良の町家ガイド「ならまちグラップ」出版。

2019年、『コトニスム・カタルシカ～柿ノ木寮蛮勇伝』(2018年・一声社)で、室蘭文芸賞特別賞。

柿ノ木寮蛮勇伝
http://kakinoki.sblo.jp/

コトニスム・ノベルシカ ~小説柿ノ木寮~

2022年1月20日　第1版第1刷　発行

著　者　今野 博信（こんの ひろのぶ）

デザイン　谷脇 栗太（犬と街灯）
taniwakikurita@gmail.com

発行者　米山　傑
発行所　株式会社一声社
東京都葛飾区東水元2-13-1
電話　03-6676-2179　FAX　03-6326-8150
郵便振替 00170-3-187618
URL https://www.isseisha.net
印　刷　株式会社新協

ISBN 978-4-87077-284-7 C0095